FIÈVRE GLACÉE

ROMAN D'AMOUR - UN PAPA CÉLIBATAIRE

CAMILE DENEUVE

TABLE DES MATIÈRES

Publishe en France par:
Camile Deneuve

©Copyright 2021

ISBN: 978-1-64808-964-0

 Réalisé avec Vellum

Elle avait surgi dans ma vie alors que tout allait de travers. Mon Dieu, je n'arrêtais pas de penser à elle, son visage, ses cheveux, son corps superbe, tout en courbes... Ses halètements lorsqu'elle jouissait... Elle faisait partie de ma vie, elle était toute ma vie, rien ni personne ne nous empêcherait d'être ensemble... Rien...

J'avais tout plaqué pour sauver ma peau. Tout. Je n'avais pas prévu de tomber sur lui... River Giotto, l'homme le plus sexy et le plus séduisant que j'ai rencontré de toute ma vie. Impossible de lui résister, je mourrais d'envie de ses caresses, de ses lèvres sur les miennes, sa peau contre ma peau... De sa bite profondément enfouie en moi. J'avais peut-être perdu mon identité mais j'avais trouvé l'amour de ma vie... J'espérais juste que personne ne me l'enlèverait.
Ou que personne ne m'enlève à lui. Ne m'éloignerait de lui.
Fièvre glacée est un roman d'amour qui finit bien, sans suspense, sans tromperie, truffé de scènes torrides.

～

Sunday Kemp est née le jour où Marley Locke a disparu – mais l'une est l'autre.
Une femme, se remettant du meurtre dévastateur de son amour par son impitoyable et psychopathe harceleur.
Marley Locke, présentatrice de journal télévisé de New York, devient maintenant Sunday Kemp, une jeune transcriptrice travaillant pour un artiste reclus, dans le Colorado enneigé.
Seule dans sa nouvelle maison, dans sa nouvelle identité, Sunday cède à une nuit sensuelle et inoubliable avec un étranger sexy – pour découvrir après coup qu'il est l'artiste même pour lequel elle travaille.
River Giotto est hanté par des horreurs du passé comme du présent, mais il ne pense pas tomber amoureux de la belle nouvelle qui vient d'arriver en ville. Lorsque sa fille de cinq ans, issue d'une précédente

relation, vient vivre avec lui, bientôt, lui et Sunday forme une
nouvelle famille tous ensemble.

Mais lorsque les fantômes du passé refont surface pour tous les
hanter, River et Sunday doivent se battre pour protéger leurs
nouvelles vies – ou alors, ils risquent de tout perdre.

Leur amour passionné, torride et érotique parviendra-t-il à vaincre
les difficultés auxquels ils ont à faire face ?

PROLOGUE

Février, il y a un an...

IL FERMA les yeux et écouta sa voix, c'était devenu une habitude lorsque la caméra initialement dirigée vers elle se tournait vers l'invité, ou parlait d'un B-roll. La énième tuerie dans un collège ou le sauvetage de chatons tombés dans un égout ne l'intéressaient gère. Il regardait les infos pour elle et elle seule.

Marley Locke. Ses traits délicats, ses cheveux blond foncé ondulés aux épaules, son regard chaleureux et empli de compassion.

Ses lèvres roses. La courbe de ses seins sous son chemisier couture hors de prix.

Dieu qu'il la désirait. Il l'avait toujours désirée. Depuis ce fameux jour où il était entré à la bibliothèque de Harvard et l'avait rencontrée.

Personne ne l'avait jamais approchée... jamais. Avec son allure, son argent, sa position très en vue dans le New York East Side, il pouvait avoir toutes les filles qu'il voulait, et Dieu sait qu'il ne s'en privait pas.

Mais il en restait une. Celle qui lui échappait. La fille au tee-shirt rose. La bibliothèque du lycée était calme et paisible. Elle lisait, seule dans l'une des allées. Elle leva les yeux alors qu'il approchait. Elle était petite, mince, très jeune, dans les dix-sept ou dix-huit ans. Elle lui avait souri. Elle était ravissante, loin d'être jolie, belle à tomber, avec ses grands yeux d'un brun chaud, sa bouche pulpeuse chaude et accueillante. Ses cheveux châtain foncé, doux et en bataille, lui arrivaient à la taille. Elle était belle à couper le souffle.

C'était celle qu'il cherchait. Il s'était dirigé vers elle.

Mais elle était partie. Une voix derrière lui l'avait appelée, elle l'avait salué d'un sourire et s'en était allée. Sa vie avait radicalement changé en moins de trente secondes.

ET VOILÀ qu'elle était à la télévision chaque soir. Mais ce soir, les choses seraient différentes. Il savait où la trouver ; il savait où l'amener. Sa maison de campagne était en retrait, à l'abri des regards. Elle apprendrait à l'aimer là-bas.

Il ouvrit les yeux en entendant le journaliste repasser le micro à Marley. Il sourit en voyant de nouveau son magnifique visage.

Ce soir, ma chérie, ce soir...

Avant de plonger dans votre roman !
Découvrez mon nouvel ouvrage "Un Amour Impossible"

MARLEY clôtura les infos en souriant et attendit que le caméraman soit hors-champ. « Merci à tous. » Elle leur sourit tandis que le staff l'applaudissait. C'était l'une des rares présentatrices qui les traitait d'égal à égal, toujours amicale et courtoise. Marley refusa leurs applaudissements, ignorant son co-présentateur lorsqu'il se plaignait d'eux.

Son assistante, Rae, gloussa alors que Marley l'enlaça et la fit vire-volter. « T'es de bonne humeur on dirait. »

Marley reposa son amie, elles se dirigèrent vers sa loge. « Et comment. Cory passe me chercher, on va passer deux semaines de rêve à rien faire, le soleil, la plage, le sable et du sexe *en veux-tu en voilà.* »

Rae se mit à rire. « Je ne suis pas jalouse du tout. Mais alors, pas du tout. »

Marley gloussa. « Je suis désolée, bouh. Je ne devrais pas me réjouir mais mon Dieu, j'attendais ça depuis si longtemps.

– C'est mérité. Tu veux qu'j'te dise entre toi et moi ? Tu bosses trop, ça m'inquiète.

– Non, » répondit Marley en souriant. « Tu sais très bien que je vis pour ce journal. Puisqu'on en est aux confidences... à mon retour, je demanderai à Jerry si je peux me charger du journalisme d'investigation. J'adore être face à la caméra mais le terrain me manque. »

Rae lui sourit. C'était une afro-américaine d'une cinquantaine d'années, la crème de la crème, la perle des assistantes. Elle avait immédiatement accroché avec Marley quand elles s'étaient rencontrées il y a un an et étaient inséparables depuis. Elle discutait avec Marley qui enfilait un jean et un T-shirt avant de rejoindre son petit ami. Elle et Cory Wheeler étaient ensemble depuis deux ans maintenant, amoureux comme au premier jour. Marley savait que c'était l'homme de sa vie, sa personnalité amusante et son intelligence lui convenaient en tous points, de vrais âmes-sœurs.

Cory ne tarda pas à arriver, elle l'embrassa, se lova dans ses bras. Il lui sourit, ses yeux bruns pétillaient d'excitation. « T'es prête, chérie ?

– Allons-y, beau gosse. »

Ils marchèrent en se donnant la main en sortant de l'immeuble, en direction du taxi qui les attendait, elle entendit qu'on l'appelait par son prénom, Marley se retourna et vit un homme qui les attendait. Elle esquissa un sourire, en guise de réponse aux fans qui l'attendaient en général à l'extérieur du studio.

Elle vit le revolver, tout se passa au ralenti. Elle entendit Cory crier, le coup partir, la poitrine de Cory exploser. Elle hurla de colère tandis que l'homme la mettait en joue et plongea sur lui.

La douleur.

Tout devint noir.

Le lendemain matin, ils lui apprirent la nouvelle après une intervention qui avait duré des heures. Cory était décédé, l'homme qui leur avait tiré dessus avait disparu. Evaporé. Volatilisé.

Marley savait qu'elle ne connaîtrait plus jamais ce bonheur intense de se sentir en sécurité.

1

CHAPITRE UN

U*n an après...*

MARLEY LOCKE cessa d'exister au moment où elle conclut les nouvelles ce soir-là en souriant à ses téléspectateurs et en les saluant chaleureusement, comme à l'accoutumée. Elle discuta avec Rae comme d'habitude, enfila sa tenue de tous les jours et dit 'à demain' à son amie.

Utilisant la canne désormais devenue inutile mais qu'elle avait conservé afin de détourner l'attention, elle boitilla jusqu'à la berline qui l'attendait et Marley Locke disparut.

LA BERLINE CONDUITE par l'un des responsables du FBI fonça dans la nuit de New York et rejoignit un lieu sûr, Marley n'avait jamais existé, Sunday Kemp était « née. »

Une fois en lieu sûr, ses cheveux blonds retrouvèrent, sous les mains habiles d'un professionnel, leur couleur châtain foncé, des lentilles de contact violette dissimulèrent ses yeux marrons, elle arborait même un piercing au nez et un petit tatouage au poignet.

Le jet privé devant l'amener dans sa nouvelle maison arriva, c'était le moment. Les derniers instants de son ancienne vie. Elle hésita avant de monter à bord. Sam, son responsable, qui était devenu un bon ami au cours de l'année passée, posa une main sur son épaule. « Ça va, Sunday ? »

Sunday. Son nouveau prénom. Elle l'avait choisi en l'honneur de Cory – ils s'étaient rencontrés un dimanche. *Kemp* était le nom de jeune fille de la mère de Cory. À sa mort, elle l'avait perdue elle aussi. La voir avait été trop douloureux, même si Patricia, la mère de Cory, était restée au chevet de Marley jusqu'à ce qu'elle ait récupéré du fameux coup de revolver. À sa sortie, Marley s'était retrouvée seule. Sa propre famille, depuis longtemps éparpillée sur plusieurs continents, avait envoyé des messages de soutien mais elle n'avait reçu aucune visite. Rae était son unique famille, et voilà qu'elle devait quitter la seule famille qui lui restait.

Pour se rendre de New York, la seule ville qu'elle n'ait jamais connue, à une petite ville dans les Rocheuses. Le Colorado. Passer de présentatrice télévisée à sténo. Ils lui avaient trouvé un poste chez un artiste habitant une petite ville près de Telluride, elle le rencontrerait lundi.

Pour le moment, elle s'installerait dans sa nouvelle maison, un petit appartement situé sur l'artère principale de la ville, en pleines Montagnes Rocheuses. Elle n'avait rien emmené, pas même des sous-vêtements, hormis une photo de Cory qu'elle avait planquée dans la doublure de sa veste.

Le FBI lui avait demandé d'abandonner tout ce qui était lié à son ancienne existence. « On vous fournira le nécessaire. »

Elle leur parla finances. « Tu laisses tout, » lui avait dit gentiment Sam. « Si tu te pointes là-bas avec des millions sur ton compte en banque... »

– Ok, » dit-elle. Elle se fichait du fric, ça rendait juste la vie plus facile ; elle n'avait jamais été rapiat. Mais elle détestait devoir abandonner ses livres, son piano, et par-dessus tout, ses amis de la chaine télé.

Sa vie était constamment menacée. Lui, quel qu'*il* soit, ne lâchait rien mais était très bien caché. Il lui rappelait continuellement qu'il n'était pas bien loin, qu'il terminerait son boulot, qu'elle paierait sa « trahison ».

Connard. Son ventre se nouait de rage, elle en venait parfois à souhaiter que son harceleur se montre au grand jour. S'il la tuait, elle aurait au moins eu la possibilité de se venger. Le FBI était inquiet, ils avaient fini par la convaincre qu'ils étaient persuadés que son agresseur était lié de près ou de loin à la Mafia, et qu'elle ne lui échapperait jamais, Marley—*Sunday*—s'était presque résignée à l'idée de mourir jeune.

L E FBI, et Sam Duarte, en particulier, avaient réussi à la persuader d'avoir une protection rapprochée. « Tu as toute la vie devant toi, » lui avait dit Sam, un homme adorable d'une quarantaine d'années. « Tu as 28 ans, ma chérie. Vis. Vis pour honorer la mémoire de Cory. »

C'était le seul moyen de la persuader. Soudain, adopter un rythme de vie plus tranquille, prendre enfin le temps de faire le deuil de Cory, lui avait paru plus tentant que sa carrière et New York.

S AM LUI SOURIT à bord du jet privé. « T'es prête, Sunday ? »

Elle hocha la tête. « Je crois que oui, Sam. Merci d'avoir tout organisé, vraiment. Pour le travail aussi. Je serais devenue folle sans rien faire. »

Sam lui tapota la main. « Je ne connais pas grand-chose à ton futur employeur, sauf qu'il ne parle pas beaucoup. Du genre secret.

– C'est parfait. » Elle était soulagée de l'apprendre. Elle savait que son nouveau patron avait une grande maison, elle espérait qu'ils ne se verraient pas souvent et qu'elle pourrait travailler et réfléchir tranquillement.

Le jet atterrit à Telluride, on lui remit les clés d'un SUV d'occasion. Ça faisait partie du plan mais elle s'en fichait du moment qu'il était confortable et fiable. Les bagages avec ses nouveaux vêtements l'attendaient à l'arrière. Sam avait fait en sorte qu'elle se sente à l'aise. « On va te suivre jusqu'à ton nouvel appartement mais on va garder nos distances pour ne pas attirer l'attention. On va faire comme si tu étais arrivée par tes propres moyens. L'appartement est meublé, tu devrais pouvoir t'y installer rapidement. Il y a des courses dans le coffre. Tu as le téléphone prépayé que je t'ai donné ? »

Sunday fouilla dans son sac et le lui montra.

« C'est bien. On reste en contact. Garde-le avec toi mais achètes-en un autre pour joindre tes nouveaux amis. »

Elle hocha la tête. « Merci, Sam.

– Tu seras bien ici, Sunday. J'en suis sûr. »

Elle conduisit jusqu'à la petite ville montagnarde de Rockford et descendit Main Street, gara sa voiture devant un petit immeuble, resta assise un moment dans la voiture, histoire de prendre ses repères. Elle vit, à son grand soulagement, un petit snack ouvert jusqu'à 1h00 du mat', une station-essence, une épicerie bien éclairée et d'autres petites boutiques. Un joli petit café faisait l'angle de son immeuble. *Oui.* Elle s'y voyait déjà.

Elle ne mit pas longtemps à défaire ses affaires. L'appartement était petit mais confortable. La cuisine ouverte et le salon, avec une petite table et des chaises, jouissaient d'une baie vitrée donnant sur l'artère principale. Un ordinateur portable flambant neuf l'attendait dans son carton d'emballage, Sunday fut touchée de constater que Sam avait installé certains de ses ouvrages préférés dans la bibliothèque—non pas ses propres livres usés, certes, mais qu'il ait pris le temps de rendre cette maison accueillante était une très délicate attention.

Sunday – elle mettrait du temps à se faire à son nouveau prénom – défit ses bagages et se prépara un thé. Il était déjà 3h du matin lorsqu'elle s'assit à la petite table et contempla sa nouvelle ville par la fenêtre, elle ne se sentait pas du tout fatiguée. Elle prit une profonde inspiration... et éclata en sanglots.

CHAPITRE DEUX

A l'autre bout de la ville, son futur employeur fixait la toile vierge, il imaginait déjà les tourbillons colorés, les camaïeux de rose, bleu, violet, vert et jaune. Il pouvait presque voir et toucher la texture de la peinture au bout du pinceau.

L'œuvre serait vibrante, excitante... mais il n'en verrait pas grand-chose. Les couleurs avaient commencé à changer depuis quelques mois, son ami – et optométriste – lui avait expliqué pourquoi aujourd'hui-même.

Il perdait peu à peu la vision des couleurs. *Lui*, River Giotto, l'enfant prodige qui peignait le monde depuis ces dernières années, le digne successeur de Rothko ou Hans Hofmann, célébré, adulé et admiré, perdait la vision des couleurs. Cette nouvelle était d'une cruauté à couper le souffle.

« Riv ? »

River se tourna et vit Luke, son meilleur ami, à la porte de son atelier. « Je ne savais pas que t'étais là. »

Luke esquissa un sourire. « Je parlais avec Carmen. Elle s'inquiète pour toi. Comme nous tous, Riv. »

River se retourna, il ne voulait pas que son ami voie son regard peiné. « J'ai juste besoin de m'y habituer. » Il soupira. « Putain, Luke, il fallait qu'ça tombe sur moi.

– Je sais mon pote. Ecoute, t'as que trente-six ans, t'es encore jeune. Avec des soins et un traitement adapté, y'a pas d'raison que...

– Je commence à plus voir les couleurs, Luke. Ça n'a rien à voir avec la richesse ou l'intelligence. » Il farfouilla dans une pile de toiles situées dans un coin de l'atelier, il avait trouvé ce qu'il voulait. « Regarde. Quand je l'ai peinte, les verts étaient éclatants, les rouges, opulents. Tu sais ce que je vois maintenant ? Des couleurs délavées. Ternes. C'est plus la même peinture.

– Ça l'est pour nous, mec. »

River secoua la tête. « Quel artiste suis-je si j'arrive plus à exprimer ce que je veux, peindre comme j'en ai envie ? Qu'est-ce qui me reste ? »

Luke inspira profondément. « River... je vais te dire quelque chose, parce que je suis ton meilleur ami, ton frère, et que je t'aime. L'art... fait partie de toi, mais ce n'est pas tout. »

River partit d'un rire jaune. « Alors pourquoi suis-je aussi terrifié ? »

LUKE PARTI – il n'avait pas réussi à consoler son ami – River regagna sa chambre. La maison, une véritable œuvre d'art, semblait vide et lugubre, un silence de plomb régnait. Carmen, sa femme de ménage, ne dormait plus ici la nuit, elle voulait demeurer auprès de son mari, il ne pouvait pas lui en vouloir. Sa compagnie était loin d'être agréable depuis un bon moment déjà.

River se contempla dans le miroir. Ses grands yeux verts n'avaient pas l'air différent. Ils avaient toujours été son meilleur atout, et voilà qu'ils lui jouaient un tour. Il avait un beau visage, d'épaisses boucles brunes en bataille et une barbe de trois jours. Une ride entre ses yeux aux sourcils fournis lui donnait un air boudeur et inaccessible, convenant parfaitement à sa vie de reclus.

Grâce à son look ravageur, il avait la chance de coucher avec les plus belles femmes du monde et rester libre comme l'air. Une fois et à son grand regret, il avait contrevenu à l'une de ses propres règles – ne jamais fréquenter une femme vivant dans la même ville.

Aria Fielding vivait toujours à Rockford, et bien que River ne descende pas souvent en ville, il s'en voulait encore de la façon dont il l'avait traitée. Ils s'entendaient bien au lit mais il ne ressentait rien pour elle. Aria méritait mieux et d'après la rumeur, elle lui tenait encore rancune pour la façon dont leur histoire s'était terminée, même après un an.

Sa vue baissant, il devenait myope, les couleurs s'estompaient, il vivait désormais en solitaire. Son père, un homme que River adorait, un immigrant italien de deuxième génération, était décédé il y a dix ans, quinze ans après la mort de la mère de River, léguant à son fils – plutôt qu'à sa méchante jeune belle-mère – sa fortune d'un milliard de dollars.

Angelina Marshall-Giotto adorait se faire passer pour une sainte. En habituée des galas de charité à New York, elle n'avait pas perdu de temps, au décès de son mari, pour essayer de séduire son beau-fils. River, qui l'avait toujours détestée, avait refusé ses avances, depuis lors, Angelina avait décidé de faire de sa vie un enfer.

Lorsque les femmes commencèrent à se succéder dans son lit, Angelina fit en sorte que tout le monde apprenne l'existence de sa fille cachée.

River avait mis enceinte l'une de ses conquêtes, Angelina en avait profité pour essayer de soutirer de l'argent à River. River l'avait découvert et avait proposé de dédommager la mère de l'enfant. Cette femme, Lindsay, l'avait éconduit. « J'veux pas d'ton argent, River, » avait-elle répondu froidement. « Je veux que tu reconnaisses ta fille. »

Il rechigna mais finit par accepter, sachant pertinemment qu'Angelina lui tomberait dessus et monterait la fille contre lui.

Sa vie avait changé lorsqu'il avait fait la connaissance de Berry, alors âgée de cinq ans. La petite brune l'avait dévisagé de ses grands yeux vert clair, comme les siens, River était tombé sous le charme. Berry comptait plus que tout au monde. Il s'était entendu sur le mode de garde et la pension avec Lindsay, évinçant Angelina une bonne fois pour toute.

Son seul regret était que Berry habite sur Phoenix la plupart du temps. Il avait remarqué que sa vue changeait lors de sa dernière visite. Elle portait une petite robe qu'il lui avait rapportée de Paris. Les fleurs, rouge vif, orange et rose semblaient ternies. Il était perplexe. « Maman a dû un peu trop la laver, hein ? »

Berry, très intelligente pour son âge, avait tourné la tête, très sûre d'elle. « Non Papa, je la mets que pour les grandes occasions. »

River avait laissé tomber, reléguant cette info dans un coin de sa mémoire mais il comprit, plus tard, lorsqu'il commença à voir ses peintures différemment, que le problème était sérieux.

RIVER APPUYA la tête contre le verre froid de la fenêtre et ferma les yeux. *Je dois sortir de cette déprime,* songeait-il. Berry avait besoin de lui. Luke, Carmen... il devrait s'accommoder de la situation, même si ça lui coûtait. Il poussa un grand soupir et partir se coucher.

SUNDAY SE RÉVEILLA le lendemain matin, congelée et tout engourdie. Elle s'extirpa du lit en grommelant et toucha le radiateur. Froid. *Bon sang.* Elle avait mal aux reins – c'est là que la balle l'avait atteinte, elle y était toujours d'ailleurs – la douleur lui donna la nausée. Le froid aggravait les choses.

Elle monta le radiateur au maximum et se prépara un thé en attendant que l'appartement se réchauffe. A New York, elle ne s'occupait pas de ce genre de choses.

Elle rit jaune. Elle croyait que tout lui était dû. Sunday remonta sa couette en buvant son thé, en attendant que la température soit agréable.

Il était encore tôt, juste après l'aurore, elle se mit à la fenêtre et regarda les rues de la petite ville. C'était pittoresque, désuet même, pour une habituée de Manhattan, mais on voyait, d'après le style des boutiques et les entreprises, qu'il s'agissait d'une ville active, pas aussi tape-à-l'œil que Telluride, sa proche voisine. Elle ne connaissait pas le Colorado, les montagnes, la neige, les pinèdes, tout lui semblait magique.

On était au mois de février, la neige s'amoncelait en couches épaisses de part et d'autre des rues. Bien qu'il soit encore tôt, des gens déneigeaient, ils balançaient du sable ou de la litière de chat par terre. Rien n'entraverait la bonne marche des affaires. Elle vit une grande jeune femme à la peau claire émerger du café à l'angle, ses longs cheveux bruns volaient tandis qu'elle dérapa sur le sol verglacé. Sunday rit en voyant la fille éclater de rire, la tête rejetée en arrière, tout en s'agrippant au lampadaire le plus proche. Sunday avait entendu des hommes appeler la fille, deux shérifs étaient venus à son aide, elle avait regardé la fille rire avec eux et les guider à l'intérieur du café.

Elle avait l'air si libre, si détendue. Sunday décida d'aller faire un saut au café et la saluer dès qu'elle serait habillée. Elle avait l'air sympa et marrant.

Elle eut la présence d'esprit d'attendre que l'eau de la douche soit chaude pour y entrer. Sunday lava ses cheveux bruns, l'eau apaisait son corps endolori. Son lit ressemblait à un vrai lit de camp, elle se promit d'en acheter un dès qu'elle pourrait se le permettre.

C'était bizarre. Son compte bancaire à New York affichait presque deux millions de dollars... mais elle n'avait pas le droit d'y toucher. Ses cartes bancaires avaient toutes été détruites. Le FBI lui avait alloué une enveloppe pour survivre en attendant qu'elle encaisse son premier salaire et reçoive de nouvelles cartes bancaires à son nom, elle avait tout juste de quoi se nourrir et payer son loyer.

Mon Dieu, pensa-t-elle en séchant ses cheveux, *tout ça à cause d'un enfoiré d'obsédé. Une vie entière effacée.* Elle ressentait de la culpabilité. *Toi au moins, tu es vivante, Marley Locke. Mais Cory ?*

Elle sortit sa photo de sa veste et caressa son visage. *Mon Dieu, tu me manques mon chéri. Si tu savais à quel point je suis désolée.* Ses larmes menaçaient de couler, elle les réprima d'un revers de main impatient. *Non. Arrête de t'apitoyer sur ton sort.*

. . .

DEHORS, la température était au-dessous de zéro, son haleine faisait de gros nuages qui masquaient sa vue. Sunday vacilla d'un pas incertain sur le trottoir, en souriant timidement aux personnes qui la saluaient, espérant que personne ne la reconnaîtrait. C'était peu probable, sans ses cheveux blonds si caractéristiques et son maquillage impeccable. Elle avait opté pour des lentilles de contact violettes. Elle détestait les porter mais, songea-t-elle, ses yeux marrons n'avaient rien de spécial, surtout sans maquillage.

Elle poussa la porte du café Lumia, un murmure l'accueillit. Tout Rockford était rassemblé ici, l'espace d'un instant, elle voulut tourner les talons et repartir.

Mais la fille qu'elle avait vue le matin se matérialisa devant elle en souriant. « Bonjour, » dit-elle avec un accent anglais fort prononcé, « Vous êtes nouvelle ici ? »

Sunday lui sourit en retour. Cette femme arborait un énorme sourire chaleureux et contagieux. « Oui. Bonjour, je m'appelle Sunday. »

Elle lui tendit la main, l'autre femme fit passer le plateau sur son autre main et la lui serra. « Bonjour ma belle. Je m'appelle Daisy. Ravie de faire votre connaissance. Un café ?

– Avec plaisir.

– Asseyez-vous au comptoir, je vais vous raconter les potins. »

Elle suivit Daisy et salua poliment certains clients curieux. Daisy était resplendissante dans sa robe rouge soulignant ses courbes sublimes, ses cheveux d'un noir de jais tombaient en cascade dans son dos. Il était à peine huit heures du matin mais Daisy portait un rouge à lèvres rouge vif qui rehaussait son sourire éclatant.

« C'est quoi votre poison préféré ? »

Sunday s'installa sur le tabouret de bar et contempla la liste des boissons. « Je meurs d'envie d'une bonne tasse de café noir.

– Mon préféré, » lança Daisy en versant une tasse fumante à Sunday. « Tenez. Bienvenue à Rockford. » Elle examina Sunday en dégustant son café. « Vous êtes venue en famille ? »

Sunday secoua la tête. Et allez. Les questions qu'elle et Sam avaient répétées jusqu'à tout savoir par cœur. Les mensonges. Les histoires montées de toute pièce. « Non, pour le travail. Ça me change de la Californie. »

Ils avaient décidé qu'elle serait originaire de Californie à cause de son accent. Elle aurait du mal à s'en débarrasser. Daisy leva les yeux au ciel en souriant. « Oui, ce beau soleil, quel enfer. »

Sunday sourit. « Sérieusement, cette absence de changement de saisons devient épuisante à la fin. Alors j'ai décidé de venir ici. C'est magnifique. » Et ce n'était pas un mensonge.

Daisy approuva. « Oui c'est vrai, j'avoue.

– Vous n'êtes pas du coin.

– Ça s'voit tant qu'ça ? » gloussa Daisy. « Mon père a rencontré ma belle-mère à Londres mais elle a dû revenir ici. C'était la fille du propriétaire de l'ancienne station de ski, elle l'a reprise à sa mort. Papa et moi avons déménagé aux Etats-Unis.

– Vous vous plaisez ici ?

– Oui. C'est complètement différent niveau culture mais ça fait déjà douze ans que j'y suis, la moitié de ma vie. J'm'y suis habituée. » Daisy pointa du doigt le café. « Il va refroidir. »

Le café était riche et corsé. « Mmm, il est super bon.

– Merci. » Daisy fit une révérence qui donna à Sunday envie de rire. Cette femme était chaleureuse, ça faisait du bien. « Et vous faites quoi comme métier ?

– Je suis rédactrice et je fais des transcriptions. Je vais travailler avec River Giotto, je dois retranscrire les mémoires de son père. »

Daisy s'arrêta net, sur ses gardes. « Pour de vrai ? »

Sunday hocha la tête, sa curiosité piquée au vif. « C'est si intriguant que ça ? »

Daisy se reprit. « Non, non, juste un peu surprenant. River vit en solitaire. Je suis surprise qu'il laisse des étrangers – sauf votre respect – entrer chez lui. Vous avez où il habite ?

– Je crois. J'ai son adresse. »

Daisy lui fit signe d'attendre et disparut dans la réserve. Elle revint au bout d'une seconde et lui tendit un iPad. « Regardez. »

Elle tourna la tablette afin que Sunday puisse voir. Sunday poussa un cri. La maison – si on pouvait appeler ça une maison ? – était magnifique, nichée près d'un lac entouré de montagnes. Une demeure de plain-pied immense presque entièrement vitrée, aux lignes épurées, dont la simplicité était rehaussée par la majesté qui se dégageait du lieu. Daisy lui montra une photo de la maison éclairée le soir, se détachant à côté du lac.

Sunday scrutait la photo, elle savait que Daisy attendait sa réaction. « C'est de toute beauté.

– N'est-ce pas ? On l'appelle "Le Château" mais en vérité, on n'arriverait pas à se l'offrir, même en bossant comme des esclaves. Mais River peut se le permettre, lui.

– Il ressemble à quoi ? »

Daisy réfléchit. « Pas mal, pour un vieux. Très séduisant, très riche. Écoutez, » elle s'approcha plus près, « ma demi-sœur, alias "le Dragon", est sortie avec lui, alors ne lui parlez pas d'elle.

– Parler de qui ? »

Daisy soupira en entendant la voix. Sunday vit une femme petite, mais divinement belle derrière elles. Elle avait les cheveux coupés à la garçonne, un visage de toute beauté, elle dévisageait Sunday de ses yeux marron d'un air dénué de toute camaraderie. « Qui est-ce ?

– Ari, voici Sunday, ma nouvelle amie. Elle vient d'arriver. Sunday, voici le Dragon, ou Aria quand elle est gentille. Ce qui est plutôt rare. » Daisy sourit à sa demi-sœur, qui la regarda méchamment. Aria ôta son manteau et Sunday contempla son corps élancé de danseuse. Sunday percuta direct.

« Vous êtes Aria Fielding. »

Daisy et Aria s'arrêtèrent. Aria examina Sunday. « Vous me connaissez ?

– Vous dansiez au Metropolitan de New York... sous la direction de Grace Hardacre. »

Aria la regarda d'un air intransigeant. « Vous vous y connaissez en ballet ? »

Sunday secoua la tête et se maudit intérieurement. « Pas vraiment.

Un cousin m'a amenée voir une représentation quand j'étais à New York. Vous étiez divine. »

Aria ne se détendit pas pour autant ; au contraire, elle semblait encore plus glaciale qu'avant. « Merci, » dit-elle sèchement, avant de tourner les talons.

Daisy soupira. « Désolée. Elle est, hum, pas commode.

– C'est dans le tempérament des artistes, » répondit Sunday, en tapotant la main de sa nouvelle amie, Daisy lui adressa un sourire reconnaissant.

« Vous êtes adorable. Écoutez, n'hésitez pas si vous avez besoin de quoi que ce soit ou pour vous installer. Je connais tous les artisans du coin et les meilleures échoppes de produits de la ferme de la ville – évitez le fromager. Franchement. Achetez vos produits frais à Telluride. »

Sunday gloussa. « Je m'en souviendrai. Je vais faire un tour histoire de prendre mes repères.

– Je vous invite à dîner ce soir, » dit Daisy. « Ch'uis pas un grand chef mais je sais faire des pâtes.

– Merci, avec plaisir. » Sa nouvelle vie lui semblait déjà plus légère grâce à la gentillesse de cette Anglaise. Elles convinrent d'une heure, Sunday la remercia de nouveau.

ELLE TROUVA la boutique de produits de la ferme et fit les courses pour la semaine, évitant le fromager, comme le lui avait recommandé Daisy. Désœuvrée et ne souhaitant pas passer la journée seule à l'appartement, elle fit basculer son téléphone en mode GPS et décida de se rendre chez son futur employeur.

Elle conduisit prudemment sur la route de montagne, redoutant le ravin vertigineux sur sa droite, elle imaginait déjà son SUV se fracasser entre les pins et exploser. *Ce serait vraiment une grande perte ?* Elle rit bêtement et se concentra sur la route devant elle. Elle se retrouva bientôt sur une longue allée.

Elle se gara à l'écart de la propriété, elle ne voulait pas passer pour un intrus, mais elle voyait de là où elle était que les photos ne la mettaient pas en valeur. Elle ressentit une vague de tristesse – Cory, l'un des meilleurs architectes avant-gardistes de New York, aurait adoré. Non seulement pour son style épuré hors norme mais pour ce sentiment de tranquillité, de paix à couper le souffle.

Elle entendit un autre véhicule grimper la colline derrière elle et rentra dans son break d'un air coupable. Elle arbora un sourire agréable tandis que la voiture s'arrêtait à son niveau. Un séduisant jeune homme lui sourit en baissant sa vitre. « Salut, vous vous êtes perdue ?

– Non ça va, » dit-elle, elle sentait le rouge lui monter aux joues. Il avait les yeux noisette et un sourire charmant. « Je cherche juste l'adresse de mon nouveau job. »

Son regard s'éclaira. « Oh, vous êtes Sunday ? »

C'était River Giotto ? Non, sûrement pas. Cet homme n'avait rien d'un artiste vivant en ermite. Il avait l'air de lire dans ses pensées. Il descendit de voiture et lui serra la main. « Luke Maslany. Un ami de River, pauvre de moi.

– Sunday Kemp. Je n'avais nullement l'intention de jouer les intrus ou me montrer indiscrète, j'étais partie en repérage en prévision de lundi matin, vous comprenez ? » Elle ne savait plus où se mettre mais ce mec avait le plus joli des sourires.

« Écoutez, pourquoi ne pas faire un saut ? Montez jusqu'à la propriété. Carmen est là – c'est la femme de ménage de River. C'est certainement elle que vous verrez la majeure partie du temps. On essaiera de persuader River de venir vous saluer. »

Sunday hésita. Elle n'était pas maquillée, ses cheveux étaient en bataille... elle voulait vraiment se présenter dans cet état ?

« J'attendrai lundi. Je ne voudrais pas vous déranger. »

Luke Maslany acquiesça mais cligna de l'œil en souriant, Sunday ne put s'empêcher de le trouver fort sympathique. « Écoutez, c'est vous qui voyez mais je sais que Carmen prépare un brunch, elle en fait toujours une tonne. River mange peu alors je, » il tapota son ventre plat, « mange pour deux et finis toujours le ventre trop plein. Faites-moi ce plaisir. »

Sunday rigola. Il était absolument charmant... elle était encore une fois agréablement surprise par la gentillesse de ces gens. « Si vous me promettez que ma présence ne gêne pas.

– Bien sûr que non. On y va ? »

3

CHAPITRE TROIS

River sentit une pointe d'agacement en entendant frapper à la porte mais répondit sur un ton neutre. « Entrez. »

Luke passa la tête par l'entrebâillement et sourit à son ami. « Salut mec.

– Salut, Luke. » Même d'humeur morose, River était toujours heureux de voir Luke. « T'es venu pour le festin de Carmen ?

– Évidemment – et je t'amène une invitée.

– Oh ? » River s'en fichait royalement. Il se joignait rarement à Carmen et Luke dans la cuisine, préférant manger seul dans son atelier.

« Ta nouvelle employée.

– La dactylo ?

– La transcriptrice, » précisa Luke. » Je doute qu'elle apprécie le terme de "dactylo". »

River haussa les épaules. « Peu importe. Carmen l'a embauchée. Elle lui dira quoi faire et où s'installer.

– Viens faire sa connaissance, Riv, » dit Luke, il avait l'air épuisé, on aurait dit qu'il en avait marre de jouer l'intermédiaire pour River. « Elle va travailler ici cinq jours par semaine, à temps plein. Tu finiras bien par la croiser.

– Je la croiserai quand l'occasion se présentera. » River savait pertinemment qu'il pouvait se montrer têtu mais il n'était pas d'humeur à plaisanter. Lindsay l'avait appelé ce matin pour lui demander s'il pouvait garder Berry quelques semaines, sans lui en préciser le motif, ça l'agaçait, bien que River ait donné son accord et rêve de voir sa fille, sa présence limiterait ses possibilités de peindre comme il l'entendait.

Il n'était pas d'humeur à rencontrer qui que ce soit, même Luke ne parviendrait pas à le faire changer d'avis. Luke le laissa tranquille, il était visiblement énervé, mais River poussa un soupir de soulagement. Il continua de peindre, tout en entendant des rires et des murmures à l'autre bout de la maison, il se sentait d'autant plus seul. L'odeur d'un délicieux curry dont Carmen avait le secret embaumait la maison, il avait l'eau à la bouche. Il savait qu'elle laisserait des restes au réfrigérateur. Il posa son pinceau et s'essuya les mains. Pieds nus comme à son habitude, il traversa silencieusement la maison jusqu'à la chambre d'amis. La fenêtre donnait sur la cuisine, il pouvait les voir sans être vu.

Carmen s'agitait autour du comptoir tout en parlant à une jeune femme aux cheveux bruns lui arrivant à la taille. River la regardait évoluer dans la cuisine aider Carmen, elle se déplaçait comme une danseuse, avec puissance et grâce. River la regarda plus attentivement et se mit à bander.

Elle était ravissante. Une très jolie jeune femme. Des traits fins, de la douceur, la peau mate, des pommettes rosées, un sourire franc. Elle devait mesurer un mètre soixante-cinq, soit une trentaine de centimètres de moins que River avec son mètre quatre-vingt-quinze – elle avec tout ce qu'il fallait là où il fallait. Il la regardait en train de discuter tranquillement avec Carmen, plaisanter avec Luke, il se demandait qui pouvait bien être cette femme. Elle était éblouissante, mais avait-il vraiment besoin d'être *ébloui* ?

Non. *Bon sang,* non. Il garderait ses distances, elle n'entrait en rien en ligne de compte, il devait se concentrer sur Berry et sa vue. En dépit de ce que Luke lui avait dit, il devait bien y avoir un moyen, ou quelqu'un, dans le monde, capable de l'aider.

Autrement, que deviendrait-il ? C'était trop cruel. Il regarda une dernière fois sa nouvelle employée en se demandant si elle avait déjà connu les affres du désespoir. Il en doutait.

River tourna le dos à la joyeuse compagnie et retourna dans son atelier solitaire.

Sunday posa une main sur son ventre en signe de protestation tandis que Carmen emballait deux grosses boîtes en plastique de curry. « Je ne peux pas accepter, vous m'avez déjà énormément gâtée.

– N'importe quoi. Vous venez tout juste d'emménager ; vous devez manger. Prenez, » dit Carmen en souriant. Sunday et elle avaient immédiatement sympathisé. « Ça vous rappellera la famille. »

Sunday lui sourit. Carmen était une indo-américaine de seconde génération, lorsque Sunday lui avait dit que sa grand-mère était originaire du Kerala, Carmen avait immédiatement pris Sunday en sympathie. « Je ne suis jamais allée en Inde, » avait déclaré Sunday, « je comptais... » Elle s'arrêta. Elle avait failli lui dire que Cory et elle avaient l'intention d'y aller pour leur lune de miel. « Je n'ai pas encore trouvé le temps d'y aller.

– Il est toujours temps, » dit Carmen en haussant les épaules. « Vous avez quel âge, vingt-cinq ans ?

– Vingt-huit.

– Ah, vous avez toute la vie devant vous. À lundi ? »

Sunday sourit. « Avec plaisir. Je serai là à la première heure. »

Elle prit Carmen dans ses bras, on aurait dit qu'elles se connaissaient depuis toujours. Luke était super agréable et la raccompagna à sa voiture. « Désolé pour River. Il est chiant au possible mais il finira bien par se montrer. »

Sunday haussa gentiment les épaules. « Ça ne me gêne pas, tant que je fais mon boulot et que je suis payée. »

Luke lui serra la main, ses bonnes manières la touchaient étrangement. « Bonne chance pour le travail, » lui dit-il, « je sais déjà qu'on va tous s'entendre à merveille. Enfin, en partie, » ajouta-t-il en souriant. « Vous arriverez à retrouver votre chemin jusqu'en ville ?

– Oui merci. Et merci encore pour l'invitation. Vous avez raison, ça facilitera les choses.

– Super. À bientôt. »

LORSQU'ELLE ARRIVA EN VILLE, juste après l'heure du déjeuner, la lumière déclinait déjà, des nuages de neige zébraient le ciel de violet, rose et noir. Tandis que Sunday montait ses courses et les boîtes en plastique remplies de curry chez elle, elle réfléchit qu'en l'espace de quelques heures à peine, elle s'était fait – non pas des *amis* – mais des connaissances susceptibles de le *devenir*. Daisy. Carmen. Luke.

Elle passa le reste de la journée à lire, elle s'endormit sur le canapé – un canapé, remarqua-t-elle, bien plus confortable que son lit – lorsqu'elle se réveilla, il neigeait à gros flocons. Elle s'assit derrière la fenêtre et la regarda tomber pendant des heures, elle écoutait le silence, la paix. Les lampadaires éclairaient péniblement l'avenue sous la neige. Sunday secoua la tête en riant doucement. Elle se serait crue dans un conte de fées, un conte de Noël, et pas dans la vraie vie.

Et pourtant, *c'était* bel et bien sa vraie vie maintenant, et pour la première fois depuis cette horrible soirée durant laquelle elle avait tout perdu, Cory, la vie qu'elle avait imaginée, sa carrière, l'ancienne Marley Locke sentit l'espoir renaître.

LORSQUE SON INDIC lui apprit que Marley n'était pas rentrée chez elle de tout le week-end, Brian Scanlan s'était montré agacé mais pas surpris pour autant. "Elle croit pouvoir m'échapper," il haussa les épaules, comme si ses employés l'écoutaient. L'ambiance était tendue, les autres s'attendaient probablement à ce que Brian perde son sang-froid d'un moment à l'autre. Mais ce soir, il serait bon prince.

Il laisserait Marley croire qu'elle lui avait échappé, elle était encore en vie car tel était son bon vouloir. Ça faisait un an ce soir que son tueur à gages avait abattu son petit ami – comme il le lui avait ordonné – et tiré sur Marley – ce qu'il lui avait clairement dit de *ne pas* faire – Brian savait que la prochaine fois, il s'en chargerait personnellement. Il ne pouvait pas courir le risque de la perdre de nouveau, elle lui avait facilité la tâche en ne quittant pas la ville à sa sortie de l'hôpital.

Pour aller où d'abord ? Il savait très bien qu'elle n'avait personne. Sa famille était éparpillée ; la famille de son petit-ami lui en voudrait pour le meurtre. Elle avait des amis évidemment. Mais il avait raison – Marley était restée ici, sous escorte.

Comme si ça allait l'arrêter. Personne ne se douterait jamais que le grand Brian Scanlan, réputé dans tout l'Upper East Side, faisait partie de la Mafia et était, qui plus est, un tueur. L'homme qu'il avait embauché pour tuer Cory Wheeler était désormais mort – en guise de châtiment pour avoir blessé le grand amour de Brian. Le soir où il avait appris que Marley était à l'hôpital, blessée par balle à l'abdomen... *non*. Lui seul avait droit de vie ou de mort sur elle. Elle n'appartenait à personne d'autre que lui.

Il avait fait preuve d'indulgence en lui laissant le temps de faire le deuil de son amour perdu, il était temps de passer à l'action. Il avait mis un an à tout organiser – un nouvel appartement où vivre tous les deux dans l'Upper East Side, une garde-robe flambant neuve pour Marley, chaque tenue avait été créé sur mesure dans la couleur que Brian avait choisie. Ses cheveux avaient repris leur couleur naturel – elle ne ressemblait plus à une pute blondasse. Il l'avait contrainte à ôter la tonne de maquillage de son beau visage – la mère de son enfant n'en aurait pas besoin.

Oui, il avait tout organisé pour elle, il était temps que son plan entre dans sa phase finale.

Ce n'est que le lendemain matin, lorsque Marley n'apparut pas à l'écran, que Brian Scanlan découvrit qu'il s'était trompé. Marley lui avait échappé.

Marley avait disparu.

Il entra dans une rage folle.

4

CHAPITRE QUATRE

Lundi matin, Sunday réalisa que tout New York saurait aujourd'hui-même qu'elle avait quitté la ville, elle essaya de se concentrer sur la route qui menait chez Giotto. Elle avait passé une super soirée à plaisanter avec Daisy Nash, elle était galvanisée à bloc, ce boulot lui convenait à merveille.

Carmen l'accueillit comme une amie de longue date, lui montra le petit bureau dans lequel Sunday découvrit un ordinateur dernier cri ainsi qu'une chaise confortable et un solide bureau en chêne. Un canapé complétait le tableau, une large baie vitrée donnait sur la vallée en contrebas.

Sunday regarda autour d'elle avec perplexité en riant doucement. « Comment se concentrer avec une vue pareille ? » ce qui fit sourire Carmen.

« Vous y arriverez. Si vous avez besoin de quoi que ce soit la cuisine est à votre disposition, servez-vous à boire ou manger. Vous disposez d'un minibar avec de l'eau et des sodas mais n'hésitez vraiment pas à vous servir. » Carmen regarda sa montre. « Le déjeuner sera prêt vers treize heures, ça vous va ?

– Je ne voudrais pas m'imposer. »

Carmen prit un air soi-disant excédé et sourit. « À plus tard. Oh, la salle de bain est à droite au fond du couloir. »

SUNDAY S'INSTALLA derrière le bureau et sortit ses lunettes de vue de son sac. Deux épais journaux intimes étaient disposés de côté – probablement ceux que Giotto voulait qu'elle transcrive. Elle se demanda pourquoi il ne l'avait pas fait lui-même mais elle comprit pourquoi en les ouvrant. L'écriture était propre mais minuscule, la calligraphie de toute beauté. Sunday fut immédiatement soulagée, ça lui prendrait des mois, et non des semaines. Elle s'était tout d'abord demandé pourquoi la transcription de deux journaux nécessitait des semaines mais en voyant leur épaisseur et l'écriture serrée qui recouvrait chaque page, elle savait qu'elle en aurait pour des mois.

Elle alluma l'ordinateur équipé de tous les logiciels nécessaires et même superflus et passa une heure ou deux à les disposer à sa guise. Elle prit l'un des journaux et s'assit sur le canapé pour lire les premières pages, elle replia ses jambes sous elle et se fit un chignon.

Elle était absorbée par sa lecture. On voyait dès les premières pages que Ludovico Giotto était un visionnaire, d'une intelligence rare, un homme chaleureux.

L'histoire remontait à une cinquantaine d'années, lorsque le père de Ludo avait débarqué en Amérique avec sa jeune épouse pour fonder une famille. Déjà milliardaire, Giovanni Giotto adorait ses quatre enfants, surtout Ludo, l'aîné, mais il était intransigeant sur un point, s'ils voulaient l'excellence, ils devaient apprendre à la mériter. Il les avait envoyés étudier dans des universités prestigieuses afin de se former, suite à quoi ils s'étaient engagés sous les drapeaux pendant cinq ans. Tous, à l'exception de sa fille Perdita, avaient tenu leur promesse. Perdita, la petite sœur que Ludo adorait, n'irait jamais à l'université, elle était décédée de la tuberculose à l'âge de huit ans.

Ludo et ses sœurs avaient travaillé encore plus dur suite à sa disparition, ils avaient fait les cinq années escomptées et s'étaient jurés que leur futurs époux et enfants marcheraient sur leurs traces.

Nous avons vécu une vie de privilégiés, écrivait Ludo, *mais nous savions que rien n'était jamais acquis. De nombreuses personnes de notre entourage ou de celui de notre père qui avaient tout perdu ne s'en sont jamais relevées, n'ayant jamais subi ou vécu de réelles épreuves. Nous savions que rien n'était gravé dans le marbre, et que notre aisance matérielle ne laissait en rien présager du futur.*

« C'est bien vrai, » murmura Sunday en regardant le journal et en détendant sa nuque. Son passé de journaliste la titillait comme jamais, ça faisait longtemps, elle se demandait si à tout hasard, River Giotto lui permettrait de travailler sur la biographie officielle de son père et de sa famille.

Elle referma le journal et prit place devant l'ordinateur. Elle se connecta sur internet et s'arrêta. On était lundi. Le premier jour où Marley Locke ne viendrait officiellement pas au travail. Serait-ce une torture de constater que son absence ne ferait pas de vagues ? *Ce serait prétentieux,* pensa-t-elle en secouant la tête. *Non.* Derrière leur petit écran, les téléspectateurs se poseraient des questions, s'inquiéteraient, mais rien ne filtrerait pour l'instant.

Et... mon Dieu, elle avait du mal à imaginer les trésors d'imagination que le FBI avait déployé pour la protéger. Une certaine Madame X qui lui ressemblait. La fille, l'enfant de quelqu'un, servirait d'appât. La police 'identifierait' le corps comme étant celui de Marley. Un suicide. Ou un accident. Marley Locke serait officiellement morte.

Sunday frissonna. Quelle drôle de vie. Elle se leva, s'étira et éteignit l'ordinateur. Elle n'avait pas besoin de savoir ce qui passait à New York, ça ne ferait que l'énerver. *Concentre-toi sur ton boulot.*

Elle se rendit timidement dans la cuisine à l'heure du déjeuner, Carmen s'affairait autour de la cuisinière, une spatule à la main. « Je prépare une omelette. Ça ira ? Sa Majesté ne mange pas, on sera que toutes les deux. »

Pour une raison étrange, Sunday se sentit soulagée. Le fait d'avoir lu le journal du père de River lui donnait envie de le bombarder de questions, mais ce n'était pas le moment.

Carmen glissa une magnifique omelette dans une assiette. « C'est végétarien – on ne mange pas de viande le lundi, au grand déplaisir de River. Ça l'aide à se tenir en forme.

– Il aime la viande ?

– Oh oui. La viande rouge, le vin rouge, les cigarettes. Le carburant de River. J'ai heureusement réussi à faire en sorte qu'il ne fume pas dans la maison. »

Sunday gloussa. « C'est vous le chef.

– Bien obligée. River se prend pour un artiste-né. » Carmen perdit son beau sourire. « Ce n'est pas facile pour lui en ce moment, je le laisse râler et pester si ça le soulage. »

Elle ne lui communiqua pas d'autres informations et Sunday ne voulut pas se montrer indiscrète. Elles discutèrent gaiement tout en déjeunant, Sunday félicita la chef pour son omelette légère et savoureuse, qu'elle termina, pour le plus grand plaisir de Carmen.

« Bravo.

– Je ne dis jamais non à la nourriture.

– C'est quoi votre plat préféré ? »

Sunday réfléchit. « Un bon steak grillé aux oignons. Mon Dieu, des oignons. Je me damnerais pour des oignons frits. »

Carmen éclata de rire. « Je m'en souviendrai. »

Sunday la remercia encore pour le repas et retourna à son bureau, heureuse. Sa nouvelle vie était une vraie bénédiction. Elle relut les chapitres qu'elle avait déjà parcouru et commença à les taper à l'ordinateur, lorsqu'elle releva la tête, il faisait nuit. Elle regarda son reflet dans la fenêtre. Un regard triste, des cheveux bruns qui s'échappaient de son chignon en désordre, le scintillement de son piercing. Elle devait reconnaître qu'elle n'avait plus rien à voir avec l'image de la présentatrice parfaite qu'elle était il y a quelques jours encore, mais elle se sentait plus en phase avec elle-même.

À dix-neuf heures, elle rangea ses affaires et traversa la maison pour saluer Carmen. En entrant dans la cuisine, elle aperçut un mouvement du coin de l'œil et se retourna pour regarder par la fenêtre. Dans le jardin, l'aile la plus éloignée de la maison était presque dans l'obscurité. C'était le fruit de son imagination ou elle avait bien vu une silhouette qui la regardait, dans le noir ?

Sunday cligna des yeux. Oui. Il était là… quelque part, elle savait qu'il s'agissait de son mystérieux employeur. Se sentant gênée, elle leva la main pour le saluer mais la relaissa retomber. Bizarre. Elle fit demi-tour, sortit de la cuisine, percuta dans Carmen dans l'allée et lui souhaita bonsoir sans lui parler de l'incident.

IL FAISAIT FROID dans l'appartement, Sunday décida d'aller dîner en attendant que le chauffage fasse son office. Il y avait un petit resto au coin de la rue, elle trouva heureusement de la place au fond.

Une jeune serveuse s'approcha, style punk arborant un badge où « Cleo » était écrit. « Qu'est-ce que je vous sers ? »

Sunday examina rapidement le menu plastifié. « Oh, hum, un café noir et un... hum... »

Cleo lui sourit soudainement. « Prenez votre temps ma belle, ne vous inquiétez pas. Joli tatouage. Je vous apporte votre café. »

Sunday lui sourit et la remercia. Les gens étaient vraiment sympas. La salle était pleine, c'était le restau préféré du coin, Sunday comprit pourquoi lorsque Cleo revint avec un énorme hamburger et des frites. Elle poussa un gémissement de plaisir en savourant la viande juteuse, les bonnes frites bien chaudes, salées à point et croustillantes.

Le point positif, une fois passé derrière la caméra, songea-t-elle avec le sourire, *c'est qu'on n'a plus besoin de compter ses calories.* Elle prit une tarte aux pommes toute chaude en dessert et refusa lorsqu'elle lui offrit une deuxième part, cadeau de la maison. « Mon Dieu, non merci, je vais *exploser.* »

Cleo sourit. « Daisy m'a dit que vous étiez sympa. On est potes.

– Je comprends mieux. J'espère qu'on deviendra amies.

– Moi aussi. » Cleo regarda autour d'elle pour voir si son chef ne la surveillait pas et s'installa en face de Sunday. « Dites-moi, j'aimerais vous dire deux mots, entre amies. Daisy m'a dit que vous bossiez pour River ? »

Sunday acquiesça. Cleo soupira. « Alors méfiez-vous d'Aria. Daisy ne l'avouera jamais mais Aria est une salope de première. Elle va tout faire pour vous attirer des ennuis. Souvenez-vous-en.

– Promis, merci. Ch'uis pas là pour me faire des ennemis. »

Cleo lui sourit. « Vous êtes sympa *vous*. Oh-oh, mon boss est là. On se boit un café ensemble la prochaine fois ? *Ailleurs,* évidemment.

– Avec grand plaisir. »

SUNDAY DÉGUSTA TRANQUILLEMENT SON CAFÉ, elle n'avait pas envie de quitter ce cocon bien chaud. Cleo avait terminé sa soirée, elle était partie il y avait une demi-heure environ, Sunday s'était assurée qu'un généreux pourboire lui soit remis.

Cleo l'avait remerciée et lui avait donné son numéro de portable. « Au cas où, » dit-elle.

Sunday lisait les infos sur son portable lorsqu'elle entendit quelqu'un entrer rapidement dans le restaurant presque vide. Elle leva les yeux et vit un homme aux cheveux bruns bouclés, épousseter son manteau plein de neige. Il la regarda, ils se dévisagèrent.

Sunday sentit comme une décharge électrique la parcourir. Cet homme était incroyable, un visage à la beauté sauvage, mais ce furent ses yeux qui l'attirèrent. Vert clair, ourlés de longs cils noirs épais, il la regardait sans ciller. Un regard perçant.

Le temps semblait s'être arrêté, il se dirigea vers elle. « Je peux ? »

Oh, bon sang. Pourquoi il fallait qu'en plus, il ait la voix grave, rauque et sexy ? Elle hocha bêtement la tête. Il s'assit en face d'elle. Une autre serveuse avança et prit sa commande, un café noir. Il regarda Sunday d'un air interrogateur.

Elle secoua la tête. « Juste un café, merci »

Sunday avait le béguin, comme une adolescente, elle se racla la gorge et s'efforça de ne pas rougir.

« Vous êtes nouvelle ici. » C'était une constatation et non pas une question, elle hocha tout de même la tête.

Sund...

– Pas de nom. »

Un frisson la parcourut, elle sut instantanément qu'elle lui laisserait faire tout ce qu'il voudrait. Elle désirait cet homme, quel qu'il soit, elle ne voulait surtout pas d'ennuis. Un plan cul ? *Oui, avec plaisir.* Elle laissa le désir se lire dans ses yeux, il esquissa un sourire satisfait.

Son arrogance était attirante et étrangement sexy, Sunday lui rendit son sourire. « Vous êtes sûr de vous.

– Je sais ce que je veux.

– Et vous voulez quoi au juste ?

– Vous. Je n'ai pas de temps à perdre.

– Moi non plus. » Sunday se redressa. « Je ne veux surtout pas d'ennuis.

– Nous sommes d'accord. Vous habitez dans le coin ?

– Oui.

Il la regarda d'un air interrogateur. « Vous êtes sûre ?

– Je viens de vous le dire, je ne veux pas d'ennuis. Vous voulez baiser ? Allons baiser. » Sunday ne pouvait pas y croire, elle venait de dire ça ? Nouvelle vie, nouvelles règles. Elle n'avait pas du tout envie de fréquenter qui que ce soit, mais son corps avait des besoins à satisfaire, nom d'un chien.

Son prétendant la reluqua un bon moment, lui pris la main et la mit debout. « C'est parti, ma belle. »

5
———

CHAPITRE CINQ

Ils marchèrent dans la neige jusqu'à son appartement. Une fois à l'intérieur, il l'attira contre lui et plaqua sa bouche sur la sienne. Mon dieu, il avait bon goût. Sa main descendit sur son entrejambe, elle attrapa sa verge sous son jean. *Énorme*. Elle poussa un gémissement, ça le fit rire.

« C'est tout à toi ma belle. Déshabille-toi. »

Ils se dévêtirent tous deux à la hâte et se jetèrent sur son lit. Il était mince et bien musclé, de larges épaules, un bassin étroit, des jambes robustes. Il parcourut son corps, visiblement en admiration. « Sensationnelle, » murmura-t-il, il se pencha et suça son téton.

« Attends... attends... j'ai pas de préservatif... »

Sans quitter son sein, il se pencha, attrapa son jean et sortit un préservatif de sa poche arrière. Sunday se détendit, elle ferma les yeux tandis qu'il léchait son mamelon, d'agréables sensations envahissaient son corps.

Sunday caressa sa longue verge épaisse contre son ventre, elle la sentait palpiter, frémir, s'éveiller sous sa main. « Si tu continues comme ça ma beauté, ça va être du rapide. »

Sunday lui sourit et se mit à le branler plus rapidement. Il poussa un gémissement. « Mon Dieu, t'es une coquine toi... »

Elle ouvrit l'emballage du préservatif, le déroula sur sa verge tandis qu'il faisait passer ses jambes autour de sa taille. « J'vais t'la mettre bien profond, ma jolie. »

Il la pénétra, Sunday faillit hurler devant ce plaisir bestial. Ils baisèrent sauvagement, ils se griffaient et se mordaient, s'embrassaient jusqu'à ce que leurs bouches leur fassent mal. Mon dieu, ça faisait tellement de bien de se faire baiser sans inhibition, sans sentiments, c'était animal, sauvage, un vrai lâcher prise.

Ils baisaient si violemment qu'ils atterrirent par terre, il lui bloqua les mains au-dessus de sa tête et lui procura un orgasme retentissant.

Sunday jouit violemment, se cambra, son ventre se plaqua contre le sien. Elle donnait libre court à une année d'émotions refoulées, des larmes roulaient sur ses joues pendant qu'elle hurlait. Elle se détourna, gênée, il déposa des baisers sur ses joues sans rien dire.

Ils restèrent allongés côte à côte, haletants, sans parler, ils firent à nouveau l'amour doucement, en se découvrant. Elle aimait sa silhouette, bien plus grande que la sienne, ses bras musclés tandis qu'elle se blottissait contre lui, tel un objet précieux. Elle effleura son visage – il était magnifique, presque irréel – elle se demandait d'où lui venait ce regard troublé.

Mais non. Ne demande rien. Ne pose pas de questions. Pense à cet instant comme... un merveilleux, sensuel, fantastique intermède. Elle l'embrassa sur la bouche, elle voulait se souvenir de lui jusque dans les moindres détails, elle savait bien qu'il ne s'agissait que d'un coup d'un soir.

Ils firent l'amour jusqu'au petit matin, avant que Sunday ne sombre de sommeil.

Le lendemain matin, il était parti.

Sous la douche, Sunday étira ses muscles délicieusement endoloris après l'amour. Ses cuisses tremblaient ; son vagin lui faisait mal après les vigoureux coups de boutoir de la grosse bite de son amant. Ses seins et ses épaules portaient quelques légères traces de morsures. Elle sentait encore son baiser sur ses lèvres.

Au fond d'elle-même, un verrou avait sauté. Quelque chose qui existait mais dont elle n'avait pas conscience, un poids. L'absence d'intimité depuis l'assassinat de Cory ne l'avait jamais travaillée mais maintenant, après la nuit passée, elle se rendait compte à quel point elle avait gardé ses distances sur le plan sexuel au cours de l'année écoulée.

Elle conduisit jusqu'à la demeure de Giotto, prit du pain frais à la boulangerie pour Carmen qui la remercia et l'invita à partager un café. « J'ai une nouvelle à vous annoncer. Non pas que ça vous concerne directement, mais je dois vous en faire part. »

Elle indiqua le tabouret, Sunday s'assit et regarda sa nouvelle amie avec curiosité. « De quoi s'agit-il ?

– La fille de River va passer quelques semaines parmi nous, Berry est adorable mais assez pénible.

– M. Giotto a une fille ?

– Elle a cinq ans, il a fait sa connaissance il y a quelques années à peine. Je crois qu'elle est le fruit d'une histoire sans lendemain. »

Sunday espérait ne pas avoir rougi comme une pivoine. « Ce sont des choses qui arrivent. Berry – joli prénom, n'est-ce pas ? – va habiter ici quelques semaines ? »

Carmen acquiesça. « River m'a promis qu'il s'en occuperait mais je le connais. Plus rien n'existe quand il s'enferme des jours entiers dans son atelier, même Berry. Vous risquez d'avoir de la compagnie.

– Ça ne me dérange pas, tant que M. Giotto accepte que je sois distraite dans mon travail. »

Carmen sourit. « Vous pouvez l'appeler River, vous savez.

– Vous croyez que je vais bientôt le rencontrer ? » Sunday s'était déjà fait une idée – grisonnant, bougon. Daisy avait dit qu'il était "vieux" mais Daisy n'avait que vingt-quatre ans. "Vieux" pouvait aussi bien vouloir dire "la trentaine".

Carmen soupira. « Je l'espère, ma chère, sincèrement. La situation peut vous paraître étrange mais River n'a jamais été très sociable. Ça s'est aggravé au décès de sa mère et au remariage de son père. » Elle baissa la voix. « Sa belle-mère est une femme mauvaise et malveillante. Il s'est passé quelque chose entre eux, depuis, River n'est plus le même.

– Mon Dieu, c'est terrible. »

Carmen acquiesça. « Il n'a jamais dit à personne ce qui s'était passé mais ça a dû mal tourner. Il avait des hématomes mais n'en a pas parlé à son père.

– Il avait quel âge ?

– Seize ans. Ça fait vingt ans, il n'a jamais abordé le sujet. »

Trente-six ans, c'est ce qu'elle appelle "vieux" ? Sunday cligna des yeux, essayant de se faire une idée de son patron énigmatique. « C'est vraiment terrible. Elle est toujours en vie ?

– Malheureusement, mais elle habite heureusement à New York. Elle n'a pas intérêt à remettre les pieds ici. »

Sunday hocha la tête et retourna dans son bureau travailler. Elle n'arrêtait pas de penser à ce que Carmen lui avait dit et se demandait si Ludovico savait que sa femme battait son fils. Sunday était en colère pour River. Elle ne supportait pas les hommes ou les femmes qui maltraitaient leurs enfants. Elle céda à la tentation et tapa le nom de Ludo sur un moteur de recherche. Elle tomba sur des photos d'un très bel homme grisonnant en compagnie d'une très jeune femme – une femme que Sunday reconnut sur le champ. « Ce n'est pas possible, » souffla-t-elle.

Cette *folle* d'Angelina Marshall. La Sorcière Malfaisante de l'Upper East Side. Sunday sourit d'un air sombre. La maltraitance ne l'étonnait pas tant que ça. Angelina était à la fois crainte et méprisée, mais sa fortune et son rang de fille issue de l'une des familles les plus influentes de New York, lui valaient les faveurs de nombreux courtisans. Sunday ou plutôt, Marley, l'avait interviewée pour une émission et l'avait immédiatement détestée. Elle avait surnommé Angelina "Notre Dame de la Perpétuelle Victime" après que cette femme ait clamé haut et fort avoir enduré les pires maladies, sans toutefois avancer aucune preuve de mauvaise santé. Marley s'était fait une ennemie lorsqu'elle lui avait demandé de quitter le plateau. Angelina avait appelé le patron de Marley, en exigeant de virer Marley. Jack, le directeur de la chaîne, avait refusé net. Il n'était pas du genre à lécher les bottes d'individus tels qu'Angelina Marshall.

Sunday se demandait si Ludo avait rédigé des passages sur son ex-femme. Elle feuilleta le journal, il s'arrêtait avant la disparition de la mère de River. Sunday réfléchit. Elle avait une intuition, elle se leva, alla trouver Carmen et lui demanda s'il existait d'autres journaux.

« Oh oui ma chère, il y en a d'autres. River m'a dit de vous les donner au fur et à mesure afin que vous ne soyez pas débordée.

– Je comprends.

– Pourquoi cette question ? »

Oui. Je connais Angelina Marshall. « Non, simple question, les deux journaux que vous m'avez remis s'arrêtent à une certaine date. »

Carmen s'essuya les mains. « Suivez-moi. » Elles traversèrent la maison et arrivèrent dans un grand bureau. « Ne vous méprenez pas, c'est le bureau de Ludo. Ce n'est pas *son* vrai bureau vous savez, mais River souhaitait posséder une copie identique quand il a fait bâtir cette maison. Par ici. »

Elle indiqua une bibliothèque prenant tout un pan de mur, jusqu'au plafond. Sunday poussa un gémissement de ravissement. On aurait dit la bibliothèque de *La Belle et la Bête*. Elle effleura la tranche des ouvrages du bout des doigts. « Le paradis. »

Carmen gloussa. « Je savais que vous tomberiez sous le charme. River adore les livres. Je suis certaine qu'il acceptera que vous empruntiez ce que vous voulez. Prenez les journaux de Ludo si ça vous dit. »

Carmen la laissa profiter de la bibliothèque à loisir. Sunday emprunta d'autres journaux de Ludo qu'elle emporta dans son bureau. Son intérêt était piqué au vif, elle les feuilleta et tomba enfin sur un passage parlant d'Angelina. Elle lut plusieurs heures, assise sur le canapé. La journée tirait à sa fin et bien qu'elle ait presque parcouru le journal dans son intégralité, elle ne trouva rien de spécial. Elle était émerveillée par le soin que Ludo apportait aux détails – l'homme détaillait tout, hormis ses habitudes en matière d'hygiène corporelle, ce n'était jamais ennuyeux. Elle aurait vraiment beaucoup aimé rencontrer Ludovico Giotto. Il était chaleureux, avait de l'humour, adorait sa première femme et son fils.

Carmen lui avait dit qu'elle prenait son après-midi de congé, à l'heure du dîner, Sunday prit ses affaires et traversa la maison silencieuse. Ce silence était réconfortant et pesant à la fois. Elle resta un moment à l'extérieur, à écouter le bruit feutré de la neige qui tombait et aspira l'air glacial à pleins poumons. Oui, elle s'habituerait aisément à pareille quiétude.

Et toujours cette sensation d'être observée. Elle regarda à l'autre bout de la maison en souriant. « Pourquoi ne pas venir me parler ? » dit-elle à haute voix, dans le silence, aucune réponse ne lui parvint. *Qui êtes-vous ?* « J'aimerais lui faire payer ce qu'elle vous a fait subir, » chuchota Sunday in petto.

Malgré ce qui lui était arrivé, elle continuait de sortir, de se faire des amis, des expériences. Rien ne pouvait l'effrayer au point de disparaître, s'exiler.

C'est pourtant bien ce que t'as fait, non ?

Par obligation.

Sunday monta dans sa voiture et redescendit en ville. Le café était encore ouvert, elle s'arrêta saluer Daisy.

Son amie paraissait enchantée de la voir. « Salut. Un américain ?

– Je serais plutôt partante pour un bon chocolat chaud. J'ai besoin de sucre. »

Daisy lui indiqua une chaise en souriant. « Assieds-toi. Je te l'apporte. »

Sunday s'assit et posa son sac par terre à côté d'elle. Elle adressa un signe de tête à Aria, elle lui sourit aimablement mais ne daigna pas s'approcher. Elle discutait avec un séduisant jeune homme aux yeux bleus et cheveux blond foncé qui dévisageait Sunday avec intérêt. Aria murmura quelque chose et ils éclatèrent de rire, Sunday se sentit rougir. Ils se croient en maternelle ou quoi ?

Daisy apporta deux tasses de chocolat chaud, s'assit et regarda sa demi-sœur avec agacement. « Ne fais pas attention, elle ne grandira jamais. Alors, quoi d'neuf ? Tu prends tes marques ? T'as rencontré River ? »

Sunday sourit à sa nouvelle amie. « Tout va bien. Oui et non. Le mystérieux M. Giotto demeure un parfait inconnu. J'ai fait la connaissance de Cleo hier soir à dîner. » Pour quelle raison que ce soit, elle ne lui parla pas de l'agréable étranger qu'elle avait ramené chez elle. C'était son petit secret rien qu'à elle.

Daisy avait le sourire jusqu'aux oreilles. « J'adore Cleo. Elle est super cool, c'est naturel chez elle. Ch'uis qu'une vraie plouc, elle a pourtant décrété que j'étais sa meilleure amie. Tu sais qu'elle vient de New York ?

– Non, je ne savais pas. » Sunday sentit son ventre se nouer – Cleo pourrait la reconnaître ? Daisy ne remarqua pas son inquiétude.

« Bref, sinon le boulot se passe bien ? Pas surprenant que River se planque.

« Il ressemble à quoi ? Je sais qu'il a trente-six ans et que c'est un artiste mais rien d'autre. » Sunday savait qu'elle n'aurait pas dû soutirer des informations à Daisy sous prétexte qu'elles étaient presque amies mais c'était plus fort qu'elle. Elle voulait en savoir plus... depuis qu'elle était au courant pour la belle-mère de River.

« Beau garçon mais légèrement... » Daisy cherchait le mot juste. « Pas sinistre, plutôt... oh merde, je ne trouve pas le mot qui convient. Taciturne. On dirait qu'il broie constamment du noir ; il est franc et n'aime pas se prendre la tête. » Elle jeta un coup d'œil vers sa sœur. « C'est sûrement la raison pour laquelle ça n'a pas marché entre Aria et lui. Bref, c'est quelqu'un de très secret, comme tu l'auras remarqué. Il venait de temps à autre boire son café et discuter avec les gars du coin mais ça, c'était avant. Dommage. » Elle observa Sunday. « Tu l'as toujours pas rencontré ? »

Sunday secoua la tête. « J'ai rencontré Luke Maslany par contre. »

Daisy lui adressa un grand sourire. « Oh, j'adore Luke. Un grand nounours. Il me fait *craquer.*"

– Tu devrais faire le premier pas, » dit Sunday, Daisy éclata de rire.

« *Ben voyons...* Il est médecin, je gère un simple bar.

– Et alors ? Luke a l'air d'avoir les pieds sur terre, et j'vois pas où est le problème avec ton café. Tu es chef d'entreprise. Cet endroit est splendide. On se sent à l'aise chez toi, c'est hyper rare.

– C'est trop gentil. Mais Luke est trop bien pour moi.

Sunday regarda Daisy d'un air incrédule. Daisy était sublime, tout en courbes, chaleureuse. « C'est les autres qui ne sont pas à la hauteur, pas *toi*, ma belle. »

Daisy leva les yeux au ciel. « C'est que du bla-bla tout ça. Et toi ? Pas de petits amis ? Ou de petites amies ? Sans faire de suppositions. »

Sunday éclata de rire. « Écoute-moi bien ma poulette, si j'aimais les filles, j't'aurais déjà sauté dessus. » Elles se mirent à rire. « Mais non. Pas de petit-ami. Pas depuis un bout d'temps.

– Y'a du dossier derrière tout ça, hein ? » demanda Daisy en voyant l'expression de Sunday, qui hocha la tête.

« Ouais. Une autre fois.

– Ça marche. »

Tandis que Sunday retournait à son appartement, elle songea au diner, se demandant si son amant d'hier se pointerait ce soir. Elle avait décidé qu'elle ne serait pas là. La nuit passée avait été endiablée, folle, euphorisante – mais c'était un simple plan cul. Elle n'avait pas besoin de problèmes supplémentaires, bien qu'elle meure d'envie de remettre le couvert.

Non.

Hors de question.

6
─────

CHAPITRE SIX

R iver s'accroupit et prit sa fille aux bras. « Coucou mon cornichon. »

Berry, cheveux noirs bouclés et grand sourire, gloussa « Ch'uis pas un cornichon, Papa !

– Si si, t'es mon gros cornichon. Bonjour, Linds. » Il se leva avec Berry dans ses bras et salua son ancienne amante, qui lui sourit avec gratitude.

« Bonjour, River. Tu peux pas savoir à quel point je te suis reconnaissante. »

Il balaya ses remerciements. « Ne dis pas n'importe quoi, c'est toujours un plaisir. Allons prendre le petit-déjeuner. La bouffe n'est pas top dans les aéroports, je connais un endroit sympa – si t'as le temps ? »

Lindsey, une jolie brune, hocha la tête d'un air intrigué. « Bien sûr. »

ELLE LUI RACONTA TOUT TANDIS qu'ils prenaient leur petit-déjeuner dans un troquet. « Stade IV, » dit-elle simplement, River eut le cœur brisé.

« *Non*. Oh mon Dieu... Linds.

– C'est bien ma veine, hein ? Une tumeur de rien du tout, à peine palpable mais apparemment y'a des métastases. Foie, poumons, cerveau.

– Mon Dieu. » River prit sa main, qu'elle serra en retour. « Écoute ma chérie... on doit pouvoir faire quelque chose. On ira à Sloan Kettering ou dans n'importe quel autre pays, tu vas guérir. »

Lindsey caressa son visage. « Tu es le meilleur des hommes, River Giotto, mais je crains qu'il ne soit trop tard. Ça va aller, je suis en paix avec moi-même. C'est juste que... » Elle contempla Berry qui engloutissait une énorme pile de pancakes aux myrtilles, l'air très concentrée. « Je déteste l'idée de ne plus jamais la revoir... » Elle regarda River, les larmes aux yeux. « Je sais que t'as rien demandé de tout ça, mais...

– Lindsey, il en va de mon honneur, de mon droit, de ma responsabilité la plus absolue. Je déteste que tu te sentes obligée de demander. Évidemment... *évidemment*... »

Lindsey relâcha ses épaules, ses larmes coulèrent. « Si tu savais comme je suis soulagée. J'avais si peur qu'elle reste seule.

– Jamais. Jamais *de la vie*, » dit River avec émotion, il prit Lindsey dans ses bras et la serra étroitement contre lui. « On forme une famille. Pas ordinaire, certes, mais y'a pas de norme en la matière. Je te donne ma parole, Lindsey. Berry ne manquera de rien, et certainement pas d'amour. »

Ils discutèrent pendant des heures. Lindsey lui apprit que les médecins ne lui donnaient que quelques semaines à vivre. « Si j'ai de la chance. Je dois faire mes adieux mais je ne voudrais pas traumatiser Berry. Si je... j'aimerais passer ces derniers moments tous ensembles.

– Bien sûr. Je voyagerai avec toi. Je m'occuperai de Berry. Comme ça on passera tout notre temps ensemble. »

Lindsey le regarda, surprise. « Tu ferais ça ?

– Certainement. Je comprends que tu veuilles lui épargner le pire mais crois-moi, elle s'en rendra compte quand elle sera plus grande et se demandera pourquoi tu es partie, alors que vous pouviez passer du temps ensemble. Fais-moi confiance ma chérie, on va y arriver. »

Lindsey se remit à pleurer. « Tu es un homme admirable, River Giotto. »

PLUS TARD, alors que Lindsey et Berry faisaient la sieste, River téléphona à Carmen et lui expliqua la situation. « Je peux vous demander de préparer ma valise et la descendre ici ? Je n'ai pas de temps à perdre.

– Bien sûr... oh, c'est trop triste. Ne vous inquiétez pas. Je... m'occupe de la chambre de Berry pour votre retour. »

River ferma les yeux. « Merci, Carmen. Je sais que la situation peut paraître étrange. Je déteste dire un truc pareil mais je ne pense pas qu'on parte bien longtemps. »

Il raccrocha et regarda son ex et leur fille endormies. Il les accompagnerait pour que Lindsey fasse ses adieux aux siens, ça coulait de source. Il s'assurerait qu'elles voyagent dans le luxe et qu'elles soient pourries gâtées. Il ignorait comment annoncer à une enfant que sa Maman allait partir faire un long voyage. Comment faire comprendre ça à une gamine de cinq ans ?

Il avait le cœur brisé, il sortit de la chambre l'hôtel et fuma une cigarette sur le balcon. Bon sang, on aurait dit que la vie lui filait entre les doigts, comme s'il ne maîtrisait plus rien. Son travail, sa famille, sa vue défaillante.

Sans compter les journaux de son père et la femme qui les transcrivaient pour son compte. Sunday Kemp. Son nom le faisait bander. Il l'avait observée partir de chez lui à plusieurs reprises, il savait qu'elle l'avait vu, il avait vu son timide salut. Il l'avait même entendu lui demander de venir lui parler.

Si elle savait...

Mais pour le moment il avait la tête ailleurs, quitter le Colorado quelques semaines l'aiderait peut-être à y voir plus clair. Elle aurait peut-être terminé de transcrire les journaux de son père d'ici là, elle apprendrait les horreurs cachées de son histoire familiale, et serait partie lorsqu'il reviendrait avec Berry.

Il arrêterait peut-être de penser à elle.

Peut-être...

NEW YORK...

ANGELINA MARSHALL se retourna et descendit du lit. Brian Scanlan la regardait d'un œil critique tandis qu'elle enfilait un peignoir en soie, elle allait prendre sa douche. « T'as encore maigri. »

Angelina ne répondit pas. C'est vrai, elle avait maigri, mais ça ne la gênait pas. Les toilettes des grands couturiers lui allaient toutes à merveille. Ses pommettes étaient peut-être un peu trop saillantes à son goût et son teint pâle la complexait mais sinon, c'était une belle femme.

Si ce n'était pas le cas, Brian ne coucherait pas avec elle, n'est-ce pas ? Sans compter les autres. Angelina n'aimait pas particulièrement le sexe ; elle aimait le pouvoir qu'elle exerçait sur les hommes.

« Alors ? » Elle se dirigea vers la table, six rails de coke étaient alignés sur le verre. Elle en sniffa deux et lança « C'est bon. Fais-toi plaisir. »

Scanlan était en train de se rhabiller. « Ce n'est pas mon truc, mais merci quand même. »

Angelina ricana. « C'est nouveau ? T'as toujours aimé la coke.

– C'était avant. J'ai besoin d'avoir les idées claires.

– Ah. À cause de cette saleté de journaliste qui a disparu ? »

Ses yeux virèrent du gris à une pâleur glaciale. « C'est pas une saleté. Mais oui, je dois avoir les idées claires si je veux la retrouver. »

Angelina s'assit sur le canapé, croisa ses jambes et ouvrit grand son peignoir. « Elle a quitté la ville, le message est clair. Elle n'est pas intéressée. Pourquoi la poursuivre puisque tu as voulu la tuer ?

– Je voulais pas tuer Marley, » siffla Brain. « C'était une erreur.

– Tu lui as tiré une balle dans le ventre oui ou non ? Ça arrive. »

Il l'étrangla avant qu'elle ait le temps de réagir. « Primo, j'ai tué personne. J'ai pas de sang sur les mains. Secundo, Marley n'était pas visée, le responsable a payé sa dette. Tercio, ferme ta sale gueule de pute si tu veux pas avoir d'emmerdes. »

Angelina n'avait pas peur. Sa brutalité l'excitait, elle le regardait avec un certain respect. « Très bien. »

Il la lâcha et finit de s'habiller. Angelina se lécha les lèvres. « T'as pas envie de baiser au lieu de t'habiller ? »

Scanlan s'arrêta et réfléchit. « Viens par-là, » dit-il, elle lui obéit. Il la poussa sur le lit et baissa la braguette de son pantalon, sans prendre le soin d'ôter ses vêtements. « Suce-moi, » ordonna-t-il, elle obéit, elle lui fit une fellation, excitant son gland du bout de sa langue. Elle sourit en l'entendant gémir mais lorsqu'il se mit à appeler une autre femme – *Marley ! Marley !* – elle explosa de colère et le mordit... violemment.

Il poussa un hurlement et lui asséna une claqua qui l'envoya valdinguer par terre, la joue en feu. « Sale pute ! » Il lui donna un coup de pied dans le ventre, prit sa veste, replaça sa bite endolorie dans son pantalon et partit en trombe.

Angelina s'allongea sur le dos en souriant. Il l'avait giflée mais ça en valait la peine. Exciter ce taré de Scanlan était encore plus galvanisant que faire l'amour. Elle l'avait rencontré il y a quelques années de ça, c'était tous deux des pervers narcissiques. Elle adorait sa violence – qui étanchait sa soif de sang. Angelina avait bien rigolé lorsque cette fille objet de toutes ses attentions avait été touchée par balle. Oui, il n'avait pas l'intention de tuer Marley Locke, Angelina savait, pour l'avoir croisée, que Marley était d'une intelligence rare, elle avait exulté en apprenant que la jeune femme – un peu trop belle au goût d'Angelina – avait été touchée par une balle meurtrière. Elle avait réussi à se faufiler dans la chambre de Marley alors dans le coma. Elle avait contemplé son ennemie jurée et s'était demandée ce que Scanlan pouvait bien lui trouver.

Mais Angelina connaissait la raison de son obsession. Son beau-fils, un peu plus jeune qu'elle, lui appartenait. River. Le séduisant, vulnérable et brillant River. Angelina avait délibérément poursuivi

Ludo de ses assiduités pour son fils, elle avait séduit le vieil homme pour mieux jeter son dévolu sur le fils. Mais River en savait plus sur son compte que prévu. Cet homme aux fabuleux yeux verts savait très bien ce qu'il voulait – il avait eu tôt fait de démasquer Angelina. Lorsqu'elle avait essayé de se rapprocher, à la mort de Ludo, River l'avait tout bonnement rejetée, elle le dégoûtait profondément.

Peu importait. Il serait bientôt tout à elle. Des années s'étaient écoulées, la nouvelle s'était répandue comme une traînée de poudre du Colorado jusqu'à Manhattan. River perdait la vue, partiellement du moins. Elle savait pertinemment que ne plus pouvoir peindre le tuerait.

Le temps était peut-être venu pour sa belle-mère de lui rendre une petite visite de courtoisie. Angelina eut envie de rire. Oui.

Il *était* peut-être temps.

CHAPITRE SEPT

 vril, Colorado ...

LES DEUX MOIS écoulés s'étaient avérés les plus heureux de toute sa vie, Sunday avançait sur les mémoires, elle s'était faite de nouveaux amis, les habitants de Rockford étaient hyper sympas. Elle se levait tôt, prenait son café avec Daisy ou Cleo – ou les deux, et se rendait chez Giotto – elle avait rebaptisé la maison « Le Château ».

Carmen lui avait annoncé que River s'absenterait quelques semaines, et qu'à son retour, Berry vivrait chez lui de façon permanente. Carmen lui apprit mi-avril qu'ils rentraient dans une semaine. « Je dois préparer la chambre de Berry. Ça te dirait de m'aider pour deux trois choses ?

– Oh oui, j'adorerais. » Sunday était émue. Elle avait sympathisé avec Carmen au cours des derniers mois, se voir confier une mission si importante la touchait énormément.

Elles se rendirent à Montrose dans un magasin afin de se procurer de la peinture et de quoi décorer la chambre. Sunday demanda à Carmen à quoi ressemblait Berry, ce qu'elle aimait faire, elle vu qu'elle adorait lire ("comme son père"), Sunday suggéra d'aménager un coin lecture dans sa chambre. « On pourrait mettre des guirlandes lumineuses et des coussins, ce sera son petit coin à elle.

– J'adore l'idée, » Carmen partit d'un rire enthousiaste. « J'aurais bien aimé avoir un coin lecture moi aussi.

– Je te jure que j'ai jamais abandonné l'idée d'en avoir un » gloussa Sunday. « À propos de livres, allons choisir une bibliothèque. »

Elles passèrent une journée merveilleuse ensemble, elles déjeunèrent et rentrèrent en papotant non-stop.

Elles avaient passé la semaine à arranger la chambre de Berry, à tout installer, Sunday s'assura que tout soit bien en place la veille du retour de River et Berry. Elle travailla jusqu'à minuit passé et décida de dormir sur le canapé de son bureau au lieu de rentrer. Elle ne tenait plus debout mais était contente que tout soit prêt.

Elle se déshabilla, garda ses dessous et remonta la couette. Elle était si épuisée qu'elle s'endormit sur le champ et ne s'aperçut pas qu'on la prenait aux bras. Elle sentit l'air frais du soir, qu'on la couchait dans un lit avec une bonne couverture bien chaude, elle marmonna un remerciement et se rendormit.

LE LENDEMAIN À SON RÉVEIL, elle se trouvait dans une chambre inconnue. Le lit était immense, avec des draps blancs impeccables et une couette bleu foncé. Un peignoir était posé sur le lit, elle se demanda l'espace d'un instant si quelqu'un allait sortir de la salle de bain attenante.

Mais la chambre était plongée dans le silence. Elle enfila le peignoir et se lava le visage. Une brosse à dents neuve et un nécessaire de toilette l'attendaient, elle se doucha rapidement et glissa ses dessous dans la poche du peignoir. Elle se brossa les dents et se rendit à la cuisine. Elle entendit la voix de Carmen et une enfant qui riait. Elle passa timidement la tête par l'entrebâillement de la porte.

Carmen l'aperçut. « Bonjour, la marmotte. River m'a dit que t'étais cuite. »

River l'avait portée jusque dans le lit ? Elle ne l'avait encore jamais vu, il était si prévenant, si attentionné. Elle adressa un sourire à la petite fille attablée au comptoir. « Bonjour. Tu dois être Berry.

– Oui bonjour. Et toi t'es Sunday ? »

Sunday sourit. Carmen l'avait prévenue, Berry était précoce. « Oui. Ravie de faire ta connaissance.

– Moi de même, » dit Berry d'un ton formel, elle descendit de sa chaise. À la grande surprise de Sunday, la petite fille lui tendit les bras, attendant que Sunday la prenne dans les siens. Sunday jeta un coup d'œil à une Carmen radieuse, qui hocha la tête afin de l'encourager. Sunday se baissa et prit la petite fille dans ses bras. Berry lui planta un énorme baiser sur la joue. « Merci pour mon coin lecture. Tata Carmen m'a dit que c'était ton idée. J'adore. »

Sunday s'empourpra. « Ah je t'en prie, Tata Carmen aussi a participé. On a adoré préparer ta chambre. »

Elle s'assit et installa la petite fille sur ses genoux. Carmen poussa une grande tasse de café devant elle. Berry la regarda en souriant. « C'est joli Sunday comme prénom. T'as de beaux cheveux. » Elle enroula une boucle brune autour de son bras. « Ma maman aussi avait de beaux cheveux. Elle était encore plus belle dans le cercueil. Ma maman est au paradis. »

Sunday sentit les larmes lui monter aux yeux. « Je sais mon cœur. Je suis sincèrement désolée.

– J'étais triste mais Papa m'a dit que Maman serait toujours sur mon épaule. Comme un ange. » Elle tapota son épaule. « Alors quand je me sens seule, je touche juste ici et Maman me donne la main, même si je la vois pas. » Berry regarda derrière Sunday en souriant. « N'est-ce pas, Papa ?

– C'est la vérité mon cœur. »

Sunday ressentit une décharge électrique et découvrit enfin l'homme qui l'avait embauchée voilà des mois maintenant, elle savait, avant même de le voir, qu'ils se connaissaient déjà.

Elle se retourna et croisa les magnifiques yeux verts perçants de

River Giotto – l'homme qui lui avait fait l'amour cette nuit incroyable et merveilleuse.

Elle s'efforça de garder son calme et lui serra la main comme s'ils n'avaient jamais couché ensemble. Elle finit son petit-déjeuner et lorsqu'elle alla récupérer ses vêtements, était persuadée qu'il la suivrait.

Ses bras se lovèrent autour de sa taille tandis qu'elle se baissait pour ramasser son jean. L'espace d'une seconde elle fut tentée de le repousser, de se mettre en colère pour lui avoir caché son identité, il l'embrassa dans le cou, c'était trop tard. Elle se retourna et le contempla. Mon dieu, il était splendide. Il avait un regard triste et fatigué, elle ne put s'empêcher de caresser les rides autour de ses yeux.

« Salut, » murmura-t-elle.

« Re-bonjour, » répondit-il en plaquant ses lèvres sur les siennes. Le baiser s'éternisait, ils s'arrêtèrent pour reprendre leur souffle.

« Pardonne-moi. J'aurais dû me présenter ce fameux soir. »

Elle secoua la tête. « Ce n'est pas grave. C'était une nuit de rêve.

– Pour moi aussi. Mais je ne pouvais pas me résoudre à faire ta connaissance. Je ne sais pas pourquoi. C'est peut-être lié aux mémoires de mon père. Je ne voulais faire d'amalgame entre travail et sentiments. » Il caressa son visage du dos de la main. « J'ai eu envie de toi au moment-même où je t'ai vue, Sunday Kemp. Tu es à ta place ici, c'est peut-être le destin. Et puis il y a eu... Berry et sa maman.

– Je suis sincèrement désolée pour Lindsey. Ça a dû être très pénible pour toi.

– Encore pire pour elle et Berry. Mais elle est partie comme elle le souhaitait, parmi les siens. » Il avait l'air épuisée, Sunday prit son visage dans ses mains. Il s'appuya contre son épaule. « Quand je suis rentré hier soir et que je t'ai vue endormie sur ce canapé...

– T'as dormi où ?

– Sur le canapé. »

Elle le força à la regarder. « T'aurais dû rester avec moi. »

Il sourit doucement. « Je ne voulais pas profiter de la situation. » Il posa sa main sur son corps, elle frissonna de plaisir. Il fit glisser le peignoir de ses épaules, il tomba au sol. « Tu es magnifique, » chuchota-t-il, il s'agenouilla et enfouit son visage sur son ventre.

Sunday le sentait lécher son nombril et s'enfoncer à l'intérieur. Ses lèvres descendaient le long de son ventre, il écarta ses jambes et plaqua sa bouche sur son sexe. Elle poussa un cri lorsqu'il se mit à lécher son clitoris et gémit doucement tandis que ses doigts pétrissaient l'intérieur de ses cuisses.

Elle caressa ses boucles brunes pendant qu'il lui donnait du plaisir, elle haletait, elle faillit jouir, il se leva et la déposa sur le canapé. Il prit une capote dans la poche arrière de son jean, elle rigola devant son air espiègle. « Tu es prête. »

Il l'embrassa tout en déroulant le préservatif sur son sexe en érection, Sunday enroula ses jambes autour de sa taille pendant qu'il la pénétrait, sa grosse bite s'enfonçait profondément en elle.

Ils ne se quittaient pas des yeux. « Bon sang, j'ai envie de toi, » gémit-il en ondulant en rythme. « Je n'arrête pas de penser à toi depuis ce fameux soir. »

Sunday lui sourit. « Moi aussi. Bon sang, River Giotto... pourquoi avoir attendu si longtemps ? »

Il haussa les épaules mais aucun d'eux ne parlait, le désir montait crescendo, ils haletaient, l'orgasme les submergea.

Il l'aida à se rhabiller, il s'arrêtait à chaque instant pour l'embrasser. River caressa ses cheveux et rit timidement. « Bienvenue dans le monde du travail. »

Ils éclatèrent de rire. « Je suis sûre qu'on a révolutionné les codes en vigueur, » affirma Sunday. Elle était encore toute frissonnante après avoir fait l'amour avec cet homme, mais elle s'en fichait éperdument. Il était si différent de ce qu'elle avait imaginé, il avait un regard peiné.

Elle posa sa main sur sa joue. « Je sais qu'on ne se connait pas mais écoute-moi. Je suis là. Je t'aiderai de mon mieux, notamment avec Berry, je n'attends rien en retour. Je veux juste te dire que tu n'es pas tout seul. »

River sourit. « C'est adorable ma chérie. J'avoue que je vis au jour le jour. » Il caressa sa joue. « J'aimerai apprendre à te connaître, sans me presser. Pardon encore de ne pas t'avoir dit qui j'étais ce fameux soir au restaurant. J'avais trop... envie de toi.

– Ne t'excuse pas, » gloussa Sunday en enfilant son T-shirt. Elle souleva ses longs cheveux et laissa retomber ses boucles floues. River la dévorait des yeux.

« Mon Dieu, tu es sublime. » Il la prit de nouveau dans ses bras et l'embrassa. Dieu, elle allait devenir accro, Sunday préféra s'éloigner.

« Il vaudrait mieux y aller doucement, River. Berry va avoir besoin de toi. Je serai là quand tu auras besoin – ou envie – de moi.

– J'ai toujours envie de toi, » il sourit et poussa un soupir. « Mais tu as raison. Berry est ma priorité et j'aimerais que tu poursuives la transcription des mémoires de mon père, si tu n'y vois pas d'inconvénient.

– Au contraire. C'est fascinant. »

River esquissa un demi-sourire. « Tu commences à le connaître ?

– Tu vas probablement trouver ça inconvenant mais je suis en train de tomber amoureuse de ton père. Quel homme chaleureux et adorable. Pas étonnant que tu aies envie de lire ses mémoires. » Elle sourit timidement. « Il t'adorait River, mais tu le sais. Dans un passage... je peux te le lire ? »

River acquiesça, ému. Elle s'assit à son bureau et chercha le passage en question.

"Peu importe que nous n'ayons qu'un seul enfant. River nous surprend un peu plus chaque jour ; son génie, à un si jeune âge, force l'admiration. Je ne pourrais jamais imaginer aimer un autre enfant autant que j'aime mon fils."

Elle s'arrêta et contempla River. Il regardait par fenêtre afin de se donner une contenance. « Pardonne-moi, River. Je pensais que ça te ferait plaisir de savoir...

– Merci, » dit-il calmement, l'émotion était palpable. « J'avais besoin de l'entendre. »

Il prit sa main, ils retournèrent ensemble dans la cuisine. Carmen les vit forcément la main dans la main mais fit comme si de rien n'était, ils s'assirent tous les quatre et discutèrent un moment, jusqu'à ce que Luke fasse son entrée. Berry sauta des genoux de son père et alla saluer son "oncle."

Luke avait le sourire, Berry était juchée sur ses épaules. « Salut les gars. Vous êtes tous là. »

Carmen posa une tasse de café devant lui, il la remercia. Il regarda son meilleur ami. « 'T'as *enfin* fait la connaissance de Sunday ? »

River et Sunday échangèrent un regard amusé. « Si on veut. »

SUNDAY CONTEMPLAIT RIVER, Berry, Carmen et Luke en train de discuter. Ils formaient une famille, ce qui y ressemblait le plus du moins, depuis toutes ces années. Elle en faisait désormais partie ? Sa vie avait radicalement changé en très peu de temps.

L'émotion la submergea, elle s'excusa et se réfugia dans la salle de bain. Elle s'aspergea le visage et se contempla dans le miroir. Les cheveux en bataille, elle était resplendissante, le regard pétillant, excitée. Excitée. Elle n'avait pas ressenti pareille émotion depuis la mort de Cory. Elle était comme électrisée, sensuelle... *torride*.

Sunday essaya de discipliner ses cheveux des doigts et retourna dans la cuisine. Carmen, Luke et Berry s'amusaient à faire des anges des neiges dans le jardin. River sourit en voyant Sunday et l'embrassa sur la tempe. « Tout va bien ? »

Elle acquiesça. "J'essaie de prendre mes marques. C'est tout nouveau pour moi.

– Je sais ce que tu ressens. Écoute, je ne voudrais pas te brusquer, on va devoir s'adapter mais j'aimerais qu'on se donne une chance.

– Moi aussi. » Elle passa son bras autour de sa taille, il l'attira contre lui.

« Pardonne-moi d'avoir gardé mes distances. Avant Berry et sa mère... j'avais des soucis. Je n'arrivais pas à faire face. C'est toujours le cas d'ailleurs... bref. » Il esquissa un demi-sourire. « Je vais essayer. »

Sunday était intriguée mais ne voulut pas se montrer intrusive. Il lui en parlerait s'il le souhaitait. « J'ai une curiosité à satisfaire, » dit-elle en souriant, « j'adorerais voir tes tableaux. Luke, Daisy et

Carmen, en raffolent. J'aurais très bien pu aller sur Internet mais je me suis abstenue. »

Le regard de River s'assombrit, comme éteint, elle avait peut-être dit quelque chose de mal. « La prochaine fois ? » Sa voix ne trahissait rien, elle hocha la tête.

« Avec plaisir, » dit-elle en se serrant contre lui, comme pour lui dire "tout va bien."

River la regarda. « Tu me comprends, » chuchota-t-il.

« Oui. On a le même problème, River. Un truc qu'on n'arrive pas à affronter. C'est pas grave. C'est humain. Si tu as besoin de moi je suis là. »

Il se tourna vers elle. « Et toi ? Tu sais que je ressens exactement la même chose.

« Nous devons apprendre à nous connaître. »

Il approuva. « On a tout notre temps. »

River ignorait que ses paroles viendraient bientôt le hanter.

CHAPITRE HUIT

Les semaines suivantes, Sunday et River s'occupèrent de Berry et apprirent à se connaître. Ils avaient trouvé leur rythme – la journée, Berry était la priorité de River, pendant que Sunday travaillait. Ils dînaient et discutaient tous ensemble, parfois rejoints par Luke, voire Daisy. Une fois Berry couchée, River et Sunday discutaient, ils apprenaient à se connaître.

Seul bémol, Sunday ne pouvait pas lui dire la stricte vérité à son sujet. L'histoire que le FBI avait fabriqué de toutes pièces comprenait des manques, certaines de ses questions restaient sans réponse, Sunday se retrouva parfois en fâcheuse posture.

Un soir où River aborda le sujet de cette peine immense qu'il avait lu dans son regard, Sunday faillit craquer et tout lui avouer. Elle parla d'un ex mort dans un accident de voiture. River avait fait preuve d'empathie, il avait caressé ses cheveux alors qu'elle enfouissait son visage contre sa poitrine, les joues rougies par le mensonge. Elle détestait devoir lui mentir, *elle détestait* ça.

Sunday était inflexible quant à sa présence ici. Ils faisaient l'amour, Sunday se glissait hors du lit, embrassait River pour la nuit et rentrait chez elle. Ils ne se cachaient pas mais Sunday estimait qu'il était beaucoup trop tôt pour informer Berry.

Elle devait réfléchir à son propre ressenti. Son corps ne se lassait pas de ses caresses mais il demeurait une énigme. Elle était forcée de cacher son passé, River, quant à lui, avait délibérément choisi de le lui cacher. Sunday ne pouvait pas lui en vouloir – elle n'avait pas le droit d'exiger quoique ce soit, mais elle avait l'impression qu'il lui cachait un lourd secret, quelque chose dont il ne parlait qu'avec Luke. Un abîme que rien ne viendrait jamais combler semblait les séparer – mais ça lui convenait pour le moment.

ELLE PASSAIT ÉNORMÉMENT de temps avec Berry, émerveillée par le plaisir qu'elle éprouvait en compagnie de la fillette. La maternité ne l'avait jamais tentée, elle ne remplacerait jamais Lindsay, mais elle découvrit à sa grande surprise qu'un lien était en train de se tisser avec Berry. Berry, très avancée pour son âge, adorait lire et demandait souvent à Sunday de jouer avec elle dans le petit coin lecture qu'elle lui avait aménagé.

River ne voulait pas que Berry la gêne dans son travail mais Sunday adorait passer du temps avec elle. Quand sa maman lui manquait trop, Sunday prenait la fillette dans ses bras pour calmer ses pleurs et la berçait pour l'endormir.

UNE APRÈS-MIDI, River pénétra dans le bureau de Sunday, plongée en plein travail. Elle était si absorbée dans les mémoires qu'elle sursauta imperceptiblement en sentant ses bras autour d'elle. « Bonne après-midi, ma beauté. »

Elle pivota sur sa chaise et lui sourit. « Coucou toi. Quelle bonne surprise. »

River travaillait en général toute la journée dans son atelier, il n'interrompait jamais son travail. River déposa un baiser sur sa joue et prit place sur le canapé. « Je pensais à un truc... j'aimerais t'inviter, un vrai rendez-vous. »

Sunday posa son stylo. « Ce n'est pas une obligation. Je n'aime pas trop aller au restaurant. »

« Ça me ferait plaisir. » Il lui sourit, sans parvenir à cacher son trouble. Elle prit sa main.

« River... y'a pas de règles. On a nos propres règles. On n'aime pas jouer au chat et à la souris et, pardonne ma franchise, je ne pense pas qu'on soit prêts à... s'engager. »

Elle regretta ses paroles devant son regard peiné. « Non pas que je ne t'aime pas. Bien sûr que non. C'est juste que je ne suis pas prête à franchir le pas. Pour être franche, on se connaît pas vraiment. Ou pas assez du moins. » Elle tapota un des mémoires de son père. « J'ai l'impression de plus connaître ton père que toi. »

River se mordit la lèvre et hocha la tête. « Je ne me livre pas facilement, » hasarda-t-il, « mais j'essaie. Je ne me sens pas prêt. Mais je sais que je t'aime, j'aimerais bien nouer avec toi. Je ne sais pas comment dire, » il s'assit en rigolant. « Je t'assure. Permets-moi de t'inviter. Ne serait-ce que prendre un café chez Daisy.

– On risque de tomber sur Aria.

– Aria est une grande fille et notre aventure n'était – qu'une aventure. »

Sunday réfléchit et acquiesça. « Ok, t'as gagné. Il nous faut une baby-sitter pour Berry. »

Il arborait le sourire de la victoire. « J'ai déjà demandé à Carmen.

– Petit malin va.

– Exact. Alors... à tout à l'heure ? »

Sunday le regarda avec stupeur. « Aujourd'hui ? »

River rit et l'embrassa. « Mon côté impulsif. Impatient. »

Elle sourit en prenant son visage dans ses mains. « D'accord. Laisse-moi quelques heures, que je puisse avancer.

– Espèce d'intello.

–Tais-toi. » Elle lui sourit – quand il était comme ça, amoureux, taquin – elle avait peine à croire qu'il s'agissait de l'homme qui l'avait évité des semaines durant.

Il tourna les talons, sa bonne humeur rejaillit sur celle de Sunday, elle fit ce qu'elle s'était jurée de ne jamais faire... chercher son ancienne identité sur Internet. Marley Locke. Les sites spécialisés sur les infos de New York regorgeaient d'articles la concernant, sur la raison de son départ – des rumeurs très insultantes circulaient à son sujet, Sunday savait que ça arriverait forcément – ainsi que des théories corroborant la thèse du suicide.

Elle constata, à son grand désarroi, que la famille de Cory avait été assaillie par la presse, avide de réponses. Elle fut peinée en voyant des photos de sa mère, épuisée et bouleversée. *Je suis sincèrement désolée.*

Elle regarda une vidéo de ses deux co-présentateurs discuter des faits – ils disaient vrai – ils ignoraient où, quand et pourquoi Marley avait disparu. Sunday regarda sa photo, tirée à quatre épingles dans son tailleur sur mesure, blonde, avec un brushing impeccable. Qui était cette femme ? Elle avait cru réussir sa vie mais avec le recul, réalisait qu'elle avait simplement joué un rôle, qu'elle s'était glissée dans la peau d'un personnage.

Elle se cala contre le dossier et contempla son reflet dans l'immense baie vitrée – des cheveux bruns ébouriffés, un regard optimiste, elle savait qu'elle ne reviendrait plus jamais en arrière, même si sa vie n'était plus menacée. « Adieu Marley. Plus jamais, » prononça-t-elle d'une voix basse mais néanmoins convaincue.

Elle souriait intérieurement lorsque River passa la chercher plus tard. Il paraissait nerveux, il devait se demander si sortir en public pour la première fois depuis des mois était une si bonne idée. Elle prit sa main. « Allez mon grand, » murmura-t-elle en l'embrassant sur la bouche. « C'est parti. »

Aria fut la première personne qu'elle aperçut en entrant dans le café de Daisy (c'était couru d'avance, songea Sunday). Elle parut surprise en voyant River, son expression se durcit, elle se détourna en les voyant main dans la main. Sunday était désolée pour elle mais il ne releva pas.

Daisy, quant à elle, était aux anges. « Eh ben, ça fait un bail. »

Elle les conduisit vers une table pour deux près de la fenêtre. « Comme d'hab ?

– Oui, s'il te plaît. » Sunday rayonnait, River rigola.

« Et c'est quoi comme d'hab ? Une horrible mixture coco-citrouille ? »

Sunday lui sourit. « T'as deviné. Apporte à River ce que je prends d'habitude, Daisy. » Elle fit un clin d'œil à son amie qui gloussa.

« J'arrive tout d'suite. »

River caressa la joue de Sunday en souriant. « Pourquoi ai-je l'impression d'être tombé dans un piège ?

– Parce que c'est le cas. C'est comme ça qu'ça marche. » Sunday prit sa main et entrelaça ses doigts aux siens, les effleurant puisqu'il ne les retirait pas. « J'ai appris un truc à ton sujet. Les démonstrations d'affection en public ne te dérangent pas. »

Il se mit à rire. « Je n'y avais jamais songé mais non, ça ne me dérange pas. Héritage de mes parents. C'était des italiens, tu comprends ?

– Le stéréotype dans toute sa splendeur. »

Il sourit. « Peut-être mais c'est pourtant vrai. Papa et Maman étaient très affectueux l'un envers l'autre et avec moi. Mes grands-parents aussi.

– Ils te manquent ?

– Terriblement. J'ai toujours voulu avoir des frères et sœurs mais ils n'ont pu avoir d'autres enfants. » River était perdu dans ses souvenirs. « Il parle souvent d'elle dans son journal ?

– Constamment. » Sunday l'observait. « Tu les as jamais lus ? »

River secoua la tête. « Ma vue me... pose problème. C'est écrit trop petit, voilà pourquoi je t'ai demandé de les transcrire pour moi. » Il se tut mais Sunday se douta qu'il lui cachait quelque chose.

« River ? Tu peux me parler, tu sais. De tout. Je le garderai pour moi. Tu as un problème ? Enfin... tes yeux. »

River la regarda de ses yeux verts pétillants et hocha la tête. « Je ne distingue presque plus les couleurs. Ça s'appelle la dystrophie des cônes. »

Sunday était horrifiée. « Oh, River, je suis désolée. »

Il acquiesça. « Ouais. Je l'ai appris il y a quelques mois. Luke essaie de trouver le traitement adéquat, je risque de voir le monde en noir et blanc à brève échéance. »

Sunday ne savait pas quoi dire. C'était un artiste bon sang. « Mon Dieu, River...

– Je sais. Je m'apitoie sur mon sort depuis trop longtemps. Une fillette a besoin de moi désormais. J'ai eu la chance de pouvoir rester avec Berry et Lindsay. J'aurais pu perdre carrément la vue. Je serai toujours un artiste ; je dois juste revoir mes attentes. Ma vie à long terme. » Sunday lui serra la main. « Tu y arriveras.

– Et toi ? Tu sais où tu seras dans cinq ans ? »

Elle avait le visage en feu. « Non, » répondit-elle sincèrement, « mais j'espère que l'avenir me sourira. » *Je suis en vie... et je t'ai toi...*

« En quoi ta vie a changé ? Est-ce seulement dû au décès de ton fiancé ? »

Sunday avait envie de tout lui dire mais elle ne pouvait pas. Elle noya le poisson. « C'est la goutte qui a fait déborder le vase, ça aurait capoté de toute façon. Quelqu'un... » sa voix se brisa. Comment le lui dire sans tout dévoiler. « Disons que je suis tombée sur individu plutôt possessif, qui ne m'a pas... simplifié la vie.

– L'enfoiré.

– Un sale enfoiré. » Elle avait la gorge sèche. « Je n'ai pas envie d'en parler. Ce soir, c'est la fête.

– Ohééé. » Daisy nous interrompit, elle arrivait avec un plateau. « Voici votre boisson préférée, Signore Giotto... » Elle déposa un grand verre devant lui plein d'une mixture colorée, Sunday éclata de rire et River écarquilla grand les yeux.

« C'est quoi ce truc ? »

Daisy cligna de l'œil à Sunday. « Vous l'avez commandé. Maintenant faut le boire. »

River prit le verre sans hésiter et en but une bonne gorgée, il avait de la crème fouettée sur le bout du nez. Daisy et Sunday éclatèrent de rire devant sa grimace. « Oh Mon Dieu, je connais désormais le goût du slip de Satan.

– Comment osez-vous ? » Daisy pleurait de rire. « J'vous f'rais dire que c'est une réussite. Noisette, menthe, orange et un zeste de dentifrice. Oh, sans oublier le café.

– Du dentifrice ? » River rigolait et Sunday n'arrivait plus à respirer – mon Dieu, cet homme était vraiment séduisant. Sexy, drôle, tourmenté... il était tout ça en même temps, et ce sourire...

Elle le voyait taquiner Daisy. *Mon Dieu, je vais tomber amoureuse de toi...* Sunday éprouvait de la tristesse, elle avait l'impression de trahir la mémoire de Cory en fréquentant River.

Non. Stop. Tu as droit au bonheur après tout. Elle sentit qu'Aria la regardait, elle arborait une expression indéchiffrable. Sunday s'excusa et se rendit aux toilettes. Comme elle s'y attendait, Aria entra à son tour au bout d'un moment. Elle n'eut pas l'air surprise de voir Sunday.

Aria s'appuya contre le lavabo à côté de Sunday, le silence régna pendant un moment. Sunday attendait. Aria soupira. « Je suppose que vous fréquentez River maintenant.

– C'est récent. Très récent. Et je ne suis pas votre ennemie, Aria. Je ne suis l'ennemie de personne. »

Aria hocha la tête d'un air pensif. « River et moi... j'ai toujours cru qu'on s'entendait bien mais en fait non. Je suis désolée de vous dire ça mais il est trop torturé pour savoir ce qu'est vraiment l'amour. » Elle regarda gentiment Sunday. « Je dis pas ça pour vous faire de la peine.

– Je vous sais sincère, » répondit Sunday. « J'ai mon idée là-dessus mais comme je vous l'ai dit, c'est tout récent. River et moi... on ne se connait pas vraiment. »

Aria hocha la tête. « Inutile de tout prendre au pied de la lettre. Je ne vous en veux pas. Sachez-le. Si j'étais vous, je marcherais constamment sur des œufs avec lui. »

Elle sortit de la salle de bain, laissant Sunday confuse. Etait-ce une vraie garce ? La réponse était évidente. Non. Elle savait qu'Aria avait raison. River avait souffert ; pas besoin d'être Einstein pour s'en apercevoir.

Elle sortit à son tour, River buvait tranquillement, Daisy était répartie travailler. Sunday sourit, il avait un simple café noir devant lui. « T'es marqué à vie ?

– Possible. »

Elle s'assit, il prit sa main. « Eh bien... c'est notre premier rendez-vous.

– On dirait. » Elle lui sourit et tenta de déchiffrer son expression. « River, écoute, inutile d'être guindés. Prenons du bon temps. »

Il caressa sa joue. « J'ai envie de te connaître.

– Bien sûr. On ne va pas tout déballer ce soir. »

Il acquiesça, ils discutèrent de tout et de rien jusqu'à vingt-deux heures. Il la prit dans ses bras une fois dehors. « Remonte à la maison. Passe la nuit avec moi. »

Elle secoua la tête. « Ce n'est pas le bon moment. Pense à Berry. »

Elle n'était pas convaincue, ils se rendirent à son appartement.

River la regarda et se pencha pour l'embrasser. Sa bouche était douce, le désir montait crescendo, il colla ses lèvres sur les siennes. Leurs souffles se mêlèrent, ils n'avaient qu'une hâte, se retrouver nus. Ils ne firent pas l'amour dans le lit mais sur le tapis. Sunday l'allongea sur le dos et le chevaucha, elle le branla jusqu'à ce que sa bite soit dure comme du béton et palpitante contre son ventre. Elle s'empala doucement sur River qui gémissait, il caressait ses seins, descendait jusqu'à sa taille. Sunday serra ses cuisses contre ses hanches et se mit à onduler, ses mouvements de bassin l'attiraient en elle de plus en plus profondément.

Dieu que cet homme était fascinant, ses yeux d'un vert intense ne la quittaient pas, il la tenait entre ses mains puissantes tel un objet précieux.

Elle allait tomber amoureuse, c'était un problème. Un gros problème. Ils firent l'amour tendrement, leur désir animal alla crescendo, ils s'agrippaient l'un à l'autre, River la retourna sur le dos et la pilonna violemment jusqu'à ce qu'elle hurle et jouisse, elle vit un million d'étoiles et monta au septième ciel.

Ils restèrent dans les bras l'un de l'autre, à bout de souffle, River regarda sa montre à regret. « Je dois rentrer retrouver Berry.

– Je sais. » Elle l'embrassa, ils se rhabillèrent. Il la prit de nouveau dans ses bras.

« Promets-moi qu'on va avancer nous deux. Qu'on passera la nuit ensemble.

– Je te le promets. Je pense que Berry a besoin d'une période d'adaptation. Elle a l'air d'aller bien mais je ne voudrais pas qu'elle s'imagine que je prends la place de sa maman... je ne voudrais pas qu'elle en souffre. Nous devons nous montrer patients. »

River sourit tristement. « La patience n'est pas mon fort. »

Sunday gloussa. « Justement. On a toute la vie devant nous. »

CHAPITRE NEUF

Sunday sentit immédiatement que le vent avait tourné lorsqu'elle se pointa au Château le lendemain. Carmen, seule dans la cuisine, faisait grise mine. « Qu'est-ce qui se passe ?

– Angelina Marshall. Elle attaque River pour la garde de Berry.

– C'est quoi ce bordel ? » Sunday était hors d'elle. « Elle connaît l'existence de Berry ? »

Carmen soupira et fit signe à Sunday de s'asseoir. « Elle était vraisemblablement au courant avant River. Elle a harcelé toutes les copines de River, même les coups d'un soir. Lindsay y compris. River n'a jamais raconté à ses petites amies ce qu'Angelina lui avait fait, Lindsay n'y a apparemment vu que du feu lorsqu'Angelina l'a contactée. »

Carmen se frotta le visage d'un air las. « Elle a joué le rôle de la gentille grand-mère pendant des années à l'insu de River. Lorsqu'elle a appris la mort de Lindsay...

– La salope, » siffla Sunday, elle avait de la peine pour River.

Carmen hocha la tête. « Devant Berry elle joue évidemment à la grand-mère irréprochable, la petite ne se doute pas qu'il s'agit d'une succube maléfique. River est au fond du gouffre.

– Je vais aller le voir.

– S'il te plaît, » Carmen tapota sa main. « Il est dans tous ses états ce matin. Impossible de l'approcher. »

Sunday se rendit sans se hâter à l'atelier de River – elle n'y était jamais entrée – pourvu qu'il ne prenne pas sa visite pour une intrusion. Elle frappa à la porte. « Entrez. »

Elle pénétra à l'intérieur et fut frappée par des couleurs chatoyantes. D'immenses toiles éclatantes avec du rose, du rouge, du vert, du jaune d'or et du bleu marine. Elle poussa un petit cri, subjuguée par tant de beauté. « Oh, River... »

Assis devant la fenêtre, il la regarda avec une peine immense. Elle le prit dans ses bras. Il enfouit son visage dans son cou et l'enlaça étroitement. Ils restèrent longuement sans rien dire dans les bras l'un de l'autre. Sunday avait les larmes aux yeux. Elle ne pouvait pas comprendre ce qui se passait dans la tête River. Cette femme qui l'avait maltraité risquait de lui enlever sa fille ? C'était incompréhensible.

River finit par la lâcher. « Merci d'être venue, » dit-il d'une petite voix. « Tu as senti instinctivement que j'avais besoin de toi. Ça veut tout dire. »

Elle caressa son visage. « Raconte-moi tout. »

River ferma les yeux. « Ma chérie, j'aimerais vraiment mais... je ne peux pas. Tu veux savoir ce qui s'est passé entre Angelina et moi ? C'est trop pour moi. C'est terrifiant. Je dois tout faire pour éloigner cette femme de Berry.

– Mais tu dois faire face à ce qu'elle t'a fait subir par le passé, River. L'affronter. Sinon, tu seras toujours sous son emprise. »

River secoua la tête. « Non. »

Sunday poussa un profond soupir. « Je suis là, ok ? Pour quoi que ce soit. Mais je ne vais pas te faciliter la vie. Tu dois régler...

– Tu sais quoi, toi, de toute cette affaire ? » Sa réaction la choqua, elle était témoin de l'enfer dans lequel il se débattait. Elle caressa son visage.

« Rien du tout, River. Mais j'ai déjà vécu des situations dans lesquelles je me suis sentie sans défense. Ce que je voulais te dire c'est... tu dois être fort, il le faut. »

River détourna les yeux. « Je n'y arrive pas, » murmura-t-il.

« Mon Dieu, River... mais qu'est-ce qu'elle t'a fait ? »

Il ne répondit pas. Sunday finit par abandonner, se leva et effleura son épaule. « Je te laisse tranquille. Je suis là si tu as besoin de moi. »

Il l'appela alors qu'elle s'apprêtait à sortir. « Pardon de t'avoir mal parlé, Sunday.

– Ce n'est rien. À tout à l'heure. »

ELLE REJOIGNIT Carmen et Berry dans la cuisine pour dîner. À son grand soulagement, Berry ne souffrait pas de la morosité ambiante, elle grimpa sur les genoux de Sunday et lui parla, toute excitée, de la future visite de sa "Nanna".

Sunday regarda Carmen. « Angelina va venir ? »

Carmen acquiesça. « River l'a appelée cette après-midi, il lui a dit qu'ils devaient se parler. Angelina s'est invitée. Elle reste tout le week-end. »

Sunday se sentit mal à l'aise. Son passé new-yorkais la rattrapait jusque dans son havre de paix ? Angelina la reconnaîtrait-elle ? « Le week-end ? Bon sang, ce sera sans moi. » Elle trouverait une excuse pour s'absenter, elle ne pouvait pas courir le risque qu'on découvre son identité. *Qu'ils aillent tous se faire foutre... justement maintenant ?* Juste au moment où River avait le plus besoin d'elle ?

Carmen secoua la tête. « Ça ira. Je doute qu'elle reste bien long-temps quand elle saura ce que River a à lui dire. » Elle regarda Berry et se tut. Sunday hocha la tête mais n'en pensait pas moins.

ELLE REPENSA à sa dernière rencontre avec la grande prêtresse des galas de charité de l'Upper East Side. Sunday – ou plutôt, Marley – qui travaillait alors sur une affaire d'escroquerie qui éclaboussait les plus hauts échelons de la haute société new-yorkaise, avait reçu un appel d'Angelina lui proposant de l'interviewer lors du bal de charité qu'elle organisait.

L'interview s'était avérée être un avertissement à bon compte – *ta gueule sur cette affaire ou ta carrière est finie.* Sunday n'avait pas fait machine arrière, son sujet était passé à la télé, sans toutefois mentionner qui que ce soit. Angelina, hors d'elle, avait tout fait pour ruiner la carrière de Sunday... sans succès.

Malgré ce petit scandale, Angelina n'avait pas changé ses plans d'un iota. Elle se posait toujours en victime et misait tout sur l'apparence, refusant d'admettre qu'elle commençait à vieillir, et que d'autres femmes, plus belles et plus jeunes, voulaient sa place.

Sunday l'avait toujours trouvée pathétique mais connaissant désormais son côté maléfique, elle regrettait de ne pas tout avoir balancé.

« Trop tard. » Sunday termina son travail et rentra chez elle.

ELLE APPELA Sam avec son téléphone prépayé et lui expliqua la situation par rapport à Angelina. « Je veux être présente pour River et Berry mais j'ai peur qu'elle me reconnaisse...

– Je sais. Oui, effectivement, c'est embêtant, mais ça remonte à des années, non ? Tu crois qu'elle te reconnaîtrait ? »

Sunday se regarda dans le miroir, elle ne savait plus que penser. Elle avait l'air si différent... Angelina la reconnaîtrait ? « Je n'en sais rien.

– Te planquer alors que tu fais presque partie de la famille serait encore plus suspect, » dit Sam gentiment. « Nous ignorons si ça changerait les choses qu'elle te reconnaisse ou pas. Fais comme si de rien n'était.

– Sam ?

– Oui, Sunday ? »

Elle hésita un moment. « Du nouveau ? Concernant l'homme qui m'a tiré dessus et abattu Cory ?

– Non ma chérie, je suis désolé. Il sait forcément que tu as tiré un trait sur ton passé mais il se montre très prudent.

– Si seulement je savais à quoi il ressemble ou de qui il s'agit. Savoir qu'on veut me tuer est d'autant plus atroce si j'ignore qui c'est, et pour quel motif.

– On ne maîtrise pas toujours tout. Quitter New York était la bonne décision.

– Je n'aurais jamais cru dire ça un jour mais oui effectivement. C'est bizarre mais j'ai comme l'impression que ma nouvelle vie me plait. »

Sam rigola. « Excellente nouvelle. »

SUNDAY ne lui avait pas parlé de son amour naissant avec River. Notamment parce qu'elle ignorait ce qui l'attendait. Elle n'arrivait pas à dormir et regarda par la fenêtre si le café de Daisy était toujours ouvert.

Il y avait encore de la lumière. Sunday enfila sa veste par-dessus son sweat et descendit. Daisy ne travaillait pas, George, son barista, était en service. Sunday ne le connaissait pas très bien, elle prit son café et alla s'asseoir.

Le café était quasiment vide à minuit. Une femme d'un certain âge salua poliment Sunday tandis qu'elle s'asseyait. Sunday sirota son café, essayant de calmer son agitation. Elle devait à tout prix soutenir River et Berry durant cette crise... le reste importait peu.

Le carillon de la porte tinta, un homme jeune entra. Il était grand, mat de peau, une cascade de boucles brunes. Il lui sourit, ses yeux bruns pétillèrent, il se dirigea vers le comptoir. Sunday détourna le regard, ne voulant pas paraître curieuse, il la salua. « Je peux m'asseoir ? J'ai fait la route seul toute la journée, j'apprécierais un peu de compagnie.

– Je vous en prie. »

Il devait avoir le même âge qu'elle, la petite trentaine, l'air joyeux et amusant. Un petit côté dragueur aussi, il la fit tire en se présentant. « Tony Marchand, » dit-il en lui serrant la main. « De Seattle, Washington.

– Qu'est-ce qui vous amène dans notre petite ville, Tony ?

– Le snowboard. Il paraît que cette station de ski est trop d'la balle, je me suis dit qu'ils auraient peut-être besoin de mon aide.

– La saison touche presque à sa fin. »

Tony haussa les épaules. « Je sais, je tente le tout pour le tout. Je trouverai bien un boulot de toute façon. J'avais besoin de prendre l'air.

– Une peine de cœur ? » demanda-t-elle, il se mit à rire et rougit légèrement.

« Vous avez deviné. Vous êtes née ici ?

– Non, en Californie. J'habite ici depuis plusieurs mois.

– C'est sympa ici ? »

Sunday hocha la tête. « Très. Vous vous y plairez à coup sûr.

– Hé, vous savez que River Giotto habite ici ? L'artiste ? Bon sang, ses œuvres sont... sublimes. Quand je faisais du surf l'année dernière, un mec avait une reproduction d'une œuvre de Giotto sur sa planche. Bon sang, qu'est-ce je n'aurais pas donné pour avoir la même. »

Sunday lui sourit. « Oui, River habite ici mais il vit en ermite.

– Vous le connaissez ? »

Et voilà... « Je travaille pour lui.

– Bon sang, c'est bien ma veine. » Il la regardait avec admiration. « Ça se dit pas mais vous êtes vraiment canon. »

Sunday gloussa. « Merci c'est gentil mais je suis déjà prise.

– Pas d'chance.

– Vous êtes descendu où ?

– Au Motel Cadillac, près de l'autoroute. C'est propre et pas cher. »

Sunday hocha la tête. « J'peux vous dire que ce bar est un incontournable ici. Si vous avez besoin de nouer des contacts, vous êtes au bon endroit.

– Super, merci. »

Ils discutèrent pendant quelques minutes, Sunday se leva et le salua. Elle rentra à son appartement et monta les escaliers. Elle faillit pousser un hurlement de terreur en apercevant une silhouette dans l'obscurité.

River.

« Bon sang, tu m'as fait une de ces peurs, » dit-elle, mi-amusée, mi-agacée, River n'avait vraisemblablement pas envie de rire.

« Désolé. Je suis descendu, j'avais besoin de te voir. C'était qui ce mec ? »

Ah. « Il vient d'arriver en ville. Il m'a demandé conseil pour du boulot.

– Et tu lui as répondu quoi ? »

Le ton employé par River agaça quelque peu Sunday. « Je suppose qu'il a demandé au premier venu. C'est tombé sur moi. Tu entres ? »

Elle ouvrit la porte et River la suivit. Il paraissait tendu, et pour la première fois, Sunday se demanda s'il avait pris quelque chose. Elle fit en sorte qu'il la regarde. Non. Il n'avait rien pris du tout, il était simplement bouleversé. « River... on faisait que parler. Je lui ai dit que je n'étais pas dispo si ça peut te rassurer. »

River s'assit sur le canapé, elle prit place à ses côtés. « Au sujet d'Angelina ? »

Il hocha la tête. « Je voudrais juste... essayer de ne pas y penser ce soir. Carmen est au Château. Elle reste avec Berry cette nuit. »

Sunday prit sa main. « Allonge-toi à côté de moi. »

Il était toujours aussi tendu, même pendant qu'elle se dévêtait. Elle embrassa ses lèvres, effleura son torse nu. « Touche-moi, River. »

Il posa ses mains sur sa taille, descendit la fermeture éclair de son jean. Elle l'enleva et l'attira sur le lit. Elle fourra ses doigts dans ses boucles brunes tout en l'embrassant, River monta sur elle et murmura : « T'es rien qu'à moi ? »

Elle acquiesça en le regardant droit dans les yeux. « Oui. Je suis rien qu'à toi, River. »

Ils prirent tout leur temps, ce qui était inhabituel. En général, ils faisaient l'amour comme des bêtes mais ce soir, ils se découvraient mutuellement. Elle savait, dans son for intérieur, qu'ils n'étaient que des étrangers, mais ce soir, on aurait dit que River essayait de se livrer, même s'il ne pouvait dévoiler son passé.

Il caressa son ventre, s'arrêta en voyant la petite cicatrice près de son nombril. « C'est quoi ?

– Tu l'avais jamais vue ? » Son petit jeu avait assez duré, si elle continuait de mentir, il finirait par s'en apercevoir.

River attendit, elle voyait dans son regard que c'était le bon moment. Sunday poussa un long soupir. « On m'a tiré dessus. L'année dernière. Je t'ai menti quand je t'ai dit que mon fiancé avait perdu la vie dans un accident de voiture. On lui a tiré dessus. Il est mort. »

River se redressa. « Mon Dieu. *Mon Dieu*, Sunday… »

Sunday s'assit. « Je t'ai parlé de ce fameux harceleur… c'était lui. Ou d'un tueur à gages chargé de nous exécuter. En fait… y'a pas que ça. Il pourrait parvenir à retrouver ma trace. »

River passa sa main dans ses cheveux. « Je ne laisserai jamais personne te faire de mal, Sunday. Jamais.

– Je ne laisserai jamais Angelina Marshall te faire de mal ou prendre Berry. Mais, River, si on doit se faire confiance, si on veut que ça marche entre nous… tu dois me dire ce qu'elle t'a fait. »

Il la dévisagea longuement et finit par hocher imperceptiblement la tête. « Ok. Ok… »

River Giotto lui raconta tout au cours des deux heures qui suivirent.

CHAPITRE DIX

E *nsuite...*

RIVER ÉTAIT ASSIS dans sa chambre les écouteurs vissés sur les oreilles, il dessinait au lieu de bosser sur son mémoire. Il ne se faisait pas de souci – il était premier dans toutes les matières – il passerait haut la main même avec un simple 15/20.

C'est bon pour les intellos, il esquissa un sourire et sursauta en entendant la porte s'ouvrir. Son cœur se serra.

Angelina, la nouvelle épouse de son père, se tenait devant la porte, la lumière tamisée laissait entrevoir son corps sous sa robe légère. River se redressa, ôta ses écouteurs et enroula consciencieusement le câble autour. Pourquoi la présence d'Angelina le mettait mal à l'aise ? Il l'avait immédiatement détestée, pas seulement parce qu'elle avait osé endosser le rôle de "mère", en voulant remplacer sa maman adorée. Pire, elle ne cachait pas ses intentions dès qu'elle était en sa présence. Elle s'était servie de Ludo pour parvenir à ses fins et séduire River. À peine plus âgée que lui, elle avait patiemment attendu, elle avait courtisé et épousé son père, avant de se montrer sous son vrai jour.

River la repoussait constamment mais son cœur battait à tout rompre en sa présence, et il n'avait qu'une seule envie, fuir.

« Où est Papa ? » demanda-t-il d'un ton léger.

Angelina sourit d'un air glacial. « Toujours à la réception. J'ai pris un taxi, j'étais fatiguée.

– Eh bien bonne nuit. »

Ah. Peine perdue. Angelina entra dans sa chambre et s'assit à côté de lui. Il s'éloigna mais elle caressa sa joue. « River. River chéri. As-tu conscience de ta beauté ? Regarde-toi. »

Elle tourna sa tête afin qu'il se contemple dans le miroir. Il n'y vit que les yeux verts de sa mère, emplis de terreur et d'appréhension. Il détestait cette impression. Etait-ce normal pour un homme d'être terrorisé à ce point ? Non. Il devait l'affronter. Il se leva mais elle fut plus rapide que lui. Elle bondit sur la porte et la verrouilla.

« Non. Pas cette fois, River. »

Il déplia son un mètre quatre-vingt-dix, il n'avait que seize ans. « Je vais le dire à mon père. »

Angelina esquissa un sourire carnassier impitoyable. « Oh que non. Je n'aurais qu'un mot à dire.

– Il ne te croira pas. »

Elle éclata de rire. « Mon chéri, mon plan remonte à avant notre mariage. *Tu as vu la façon dont ton fils me regarde, Ludo ? C'est trop chou cet amour adolescent, n'est-ce pas Ludo ?"* Elle marcha droit sur lui. *"Il a bien grandi, hein Ludo ? Que ferait une faible femme telle que moi face à une brute pareille... Ludo.* »

River ne pouvait ni respirer, ni penser. Elle posa sa main sur son sexe par-dessus son jean, ses genoux heurtèrent le bord du lit en reculant, il tomba à la renverse...

CHAPITRE ONZE

Sunday pleurait à chaudes larmes en entendant le récit de River, qu'il débita d'une voix atone. « Son manège a duré plusieurs années, jusqu'à ce que je m'échappe pour intégrer l'université. Mais les dégâts étaient bel et bien là. J'ai fichu mes études en l'air, je traitais les femmes comme de la merde. Je suppose que c'était ma façon à moi de me venger. Je ne laissais personne s'approcher. Luke et Carmen sont restés à mes côtés, bien que je les aie envoyés paître. »

Il passa ses mains dans ses cheveux. « Mon père... n'en a jamais rien su. J'espère qu'il n'en a jamais rien su. J'aurais... voulu lui demander pourquoi. Pourquoi l'avoir épousée elle, et pas une autre. Il devait bien savoir qu'elle... » il ne poursuivit pas et rit jaune. « Les qualificatifs me manquent.

– Cette pourriture de sa race de merde maudite, » cracha Sunday, hors d'elle. Elle se leva et fit les cent pas. « *Cette sale pute !* » hurla-t-elle, River lui adressa un semblant de sourire.

« Ouais, ça lui va bien.

– Je vais la tuer. Putain je vais la tuer... » Sunday sentit la même rage sourde couler dans ses veines qu'à la mort de Cory. « Ces gens... *Nom de Dieu*. Mais pour qui se prennent-ils ?

– Pour personne. Ils se croient tout permis. »

Sunday s'assit à ses côtés et prit son visage entre ses mains. « Elle ne l'emportera pas au paradis. J'en fais le serment ici et maintenant, River Giotto. Compte sur moi, elle n'a pas intérêt à mettre un pied dans la même pièce que toi ou Berry. »

River l'enlaça tendrement. « J'aime ta fougue.

– Non... non, ça va bien plus loin que ça. » Sunday reprit son souffle. « River... je la connais. Ou plutôt, je la connaissais. »

River perdit son sourire. « Pardon ? »

Sunday soupira. « Je ne m'appelle pas Sunday Kemp. Enfin, pas en vrai. Mon vrai nom est Marley Locke, j'étais journaliste d'investigation, détachée à New York. Je t'ai dit la vérité pour le harcèlement, le FBI m'a fourni une nouvelle identité après qu'on ait essayé de m'abattre. J'ai eu maille à partir avec Angelina il y a des années. C'est une arnaqueuse et un escroc de première... un article fumant est paru dans la presse mais elle a réussi à s'en sortir. »

Sunday soupira, s'attendant à ce que River sorte de ses gonds. Il caressa son visage. « Tu as dû tirer un trait sur ton passé. »

Elle hocha la tête. « Totalement. » Elle se mit à rire. « Je n'ai aucun regret depuis que je t'ai rencontré. Je me sens plus chez moi ici, avec toi, Berry et Carmen, qu'à New York.

– Marley. » Il la regardait comme s'il essayait de se faire à son prénom. Elle l'embrassa tendrement.

« *Sunday*. Je suis ta Sunday. Pour toujours. »

Il appuya son front contre le sien. « J'ai toujours manqué de confiance en moi. Mais avec toi...

– Je ne te trahirai jamais, » murmura-t-il, il plaqua ses lèvres sur les siennes.

« Ne pensons plus à ça ce soir, on est là, toi et moi... » Il glissa ses mains sous son T-shirt et le lui retira. Il baissa le bonnet de son soutien-gorge en dentelle et prit son mamelon dans sa bouche. Sunday soupira de plaisir et embrassa ses cheveux.

River l'allongea par terre et baissa son jean, il léchait son ventre. Sa langue s'attarda son clitoris, Sunday frissonna et fourra ses doigts dans ses boucles brunes. « Oh, River... River...

– Je vais te baiser jusqu'au bout de la nuit ma jolie. »

Il la lécha et la titilla jusqu'à ce qu'elle le supplie de la pénétrer, il bloqua ses mains au-dessus de sa tête en souriant et la pénétra profondément.

« Tu es toute étroite, Sunday, du vrai velours. »

Sunday lui sourit. « Je suis toute à toi, mon trésor. »

River l'embrassa, sa tendresse contrastait avec ses violents coups de boutoir. « Tu sais que je suis raide dingue de toi ?

– Idem, gloussa-t-elle, elle poussa un cri tandis qu'il accélérait le rythme, leurs hanches se heurtaient. Il la fit jouir deux fois et lui chuchota de se mettre à plat ventre.

« T'es d'accord ? »

Elle hocha la tête et poussa un gémissement lorsqu'il la sodomisa. Elle n'avait jamais testé la sodomie, même avec Cory, elle constata avec stupéfaction qu'elle adorait ça avec River. Il était doux et attentionné, elle se mit à hurler devant ces nouvelles sensations étranges.

Ils se douchèrent ensemble, baisèrent contre la paroi et glissèrent sur le sol carrelé froid de la salle de bain.

Ils se séparèrent au lever du jour, à bout de souffle, épuisés, comblés. « Dieu sait que j'ai envie de toi, » lâcha Sunday en riant, essoufflée, « mais je crois que mon vagin déclare forfait pour ce soir.

– Pour ce matin, » rectifia-t-il d'un air moqueur. « J'ai honte de le dire mais tu as épuisé le vieil homme que je suis.

– T'es *pas* vieux, » dit-elle en caressant son visage. « T'es le mec le plus irrésistiblement séduisant que j'ai jamais rencontré, intérieurement *et* extérieurement. Tu as tes démons mais mon Dieu, je te jure que je suis folle de toi, River Giotto. On vivra heureux pour toujours. »

River prit sa main et embrassa ses doigts. « Je me demande si j'existais avant toi ?

– Probablement. Tout ce qui compte désormais c'est nous, notre petite famille. Mais je me fais peut-être des idées.

– Certainement pas. On *forme* une famille. » River effleura sa joue. « Je vais l'annoncer à Berry pour nous deux. Elle sait qu'on s'aime –

ça saute aux yeux – et que ça n'a rien à voir avec les nuits passées avec Lindsay durant ce fameux voyage.

Sunday était surprise. « Ah bon ? »

River sourit. « Non. J'en aimais une autre. »

Sunday rougit de plaisir tandis qu'il l'embrassait. *Oh, si tu savais combien je t'aime...* mais elle se tut. Ils avaient fait un grand pas en avant en se faisant mutuellement confiance, en envisageant l'avenir.

Mais elle n'avait qu'une seule idée en tête.

Stopper Angelina Marshall.

CHAPITRE DOUZE

N *ew York*

L'ENNEMIE JURÉE DE SUNDAY, l'agresseur de River, organisait une réception sur l'Upper East Side ; elle avait abandonné ses devoirs d'hôtesse pour s'éclipser baiser Brian Scanlan à l'étage. Sans se faire pincer, songea Angelina en ricanant, tout en s'empalant sur la grosse bite de Scanlan.

Scanlan baisait bien, il était bien monté et aimait que ça soit torride, mais elle avait besoin de sa dose. *River*. Au cours des vingt dernières années il avait été son obsession, son fix d'héroïne pure. Angelina le trouvait magnifique, presque irréel, l'emprise qu'elle exerçait lui conférait un sentiment de puissance.

Elle avait désormais un « lien ». L'enfant. Elle n'avait strictement rien à foutre du bien-être de la petite, mais elle avait habilement manœuvré pour que la mère de l'enfant lui fasse peu à peu confiance, elle l'avait amadouée financièrement parlant et avec sa propre version de ce qu'est l'amour.

Elle avait jubilé à la mort de Lindsay. River avait désormais la garde exclusive de Berry. *Comme prévu.* Elle l'attaquerait concernant le mode de garde. River allait voir de quel bois elle se chauffait.

Angelina était sur des charbons ardents. Elle devait se rendre dans le Colorado d'ici la fin de la semaine pour « discuter » du mode de garde. Ses espions à Rockford lui avaient rapporté qu'il fréquentait quelqu'un, probablement sa secrétaire. Angelina aurait tôt fait de la faire dégager. River lui appartenait, elle ne supporterait pas qu'une autre la supplante.

Brian soupira et se retira. Angelina le regarda d'un drôle d'air. « Qu'est-ce que tu fabriques ?

– Oh, si tu savais... » dit-il en se levant, « mais s'il y a bien un truc que je supporte pas, c'est qu'on m'ignore quand je baise. »

Angelina haussa les épaules, se pencha sur la table de nuit et prit une cigarette. « Tu voudrais que je sois aux petits soins alors que t'en as rien de foutre de moi, Scanlan. Ne fais pas l'offusqué, je sais très bien que tu pensais à ta bimbo blonde.

– Summa cum laude, j'ai jamais vu de bimbo sortie d'Harvard » répondit Scanlan. Sa voix montant dans les aigus fit sourire Angelina.

« T'es toujours à sa recherche ?

– Le monde est petit quand on a le bras long.

– Sauf qu'elle parvient toujours à t'échapper. » Angelina s'amusait à le provoquer. Une douce violence s'empara de Scanlan ; Angelina n'hésitait pas à le pousser à bout. « Qu'est-ce que tu vas lui faire quand tu l'auras trouvée ?

– C'est pas tes oignons. Je la persuaderai que son destin est de partager ma vie. »

Angelina leva les yeux au ciel. « C'est ça, une femme aussi intelligente que Markey Locke va te sauter dessus en disant « *Mais bien sûr ! Tu as tué mon fiancé mais je vais vivre avec toi.* « Tu nages vraiment en plein délire. »

Brian s'habillait en silence, il se retourna, les yeux brillants de rage. « Tu connais rien à l'amour, » dit-il d'une voix fielleuse. « Marley est la femme de ma vie... elle le sait et finira par s'en convaincre.

– Sinon ? »

Il rit jaune. « Tu veux vraiment savoir la réponse ? »

Angelina alla vers lui et caressa son torse. « Non, mais j'aimerais l'entendre de ta propre bouche. Tu vas faire quoi, si jamais elle refuse ? »

Scanlan la regarda. « Je la tuerai, évidemment. Tu vois une autre solution ? »

Une fois Scanlan parti et ses invités ayant pris congé, Angelina se fit couler un bain et y resta une bonne heure. Elle repensait à ce que Scanlan lui avait dit et comprenait sa conduite. River habitait ses pensées, régentait ses actes. Elle se rappelait la première fois où elle l'avait vu, il avait quinze ans. Il était splendide avec ses boucles brunes ébouriffées, ses yeux verts perçants, grand, avec un physique encore adolescent. Son père, Ludo, était un homme qui ne passait certes pas inaperçu, mais ce n'était rien comparé à son fils. Angelina s'était assurée de procurer à Ludo un sentiment de sécurité illusoire, elle avait fait en sorte qu'il la demande en mariage pour mieux séduire River.

Et son plan avait fonctionné. Elle avait masqué sa nervosité la première fois qu'elle avait dragué River. Réduire le garçon au silence s'était avéré bien plus facile que prévu. River adorait son père, le décevoir le terrifiait. Son plan en avait été facilité. Durant deux ans, elle avait joui d'un accès illimité à ce jeune homme, toutes les excuses étaient bonnes depuis qu'il était entré à l'université.

Il avait commencé à se rebiffer en devenant un homme. Il ne la rejoignait plus lorsqu'elle lui en donnait l'ordre, ou ignorait ses appels. Elle s'était mise à droguer Ludo pour que River ne se doute de rien mais il l'avait toujours éconduite.

À la mort de Ludo, elle comprit qu'elle avait perdu River pour toujours. Ludo, subodorant que sa jeune femme n'était pas aussi bien intentionnée que prévu, l'avait tout bonnement évincée de son testament, léguant toute sa fortune à River. Angelina, déjà riche, se fichait de l'argent mais était devenue furax, River pouvait désormais la rayer de sa vie à tout jamais. Et il n'avait pas perdu de temps.

Mais maintenant, il serait contraint de la voir. Elle se montrerait magnanime quant à ses requêtes, lui proposant la garde alternée voire, un simple droit de visite. Elle avait contacté un agent immobilier du patelin dans lequel il vivait pour qu'il lui trouve une villa. Il aurait beau essayer, il ne pourrait plus la rayer de sa vie. Son plan était si parfait qu'elle en avait presque ri.

Elle se remémora les paroles de Brian. Il était prêt à la tuer si son obsession lui montait à la tête. Angelina serait-elle prête à aller aussi loin ?

Oui.

La réponse était évidente. Mais ce serait un beau gâchis. Elle se débarrasserait sans état d'âme de quiconque se mettrait en travers de son chemin : la copine de River, cette agaçante femme de ménage ou Luke Maslany, qui la détestait presque autant que River.

Mais *River...* Elle sortit de la baignoire et se sécha, alla toute nue dans sa chambre et ouvrit le tiroir de sa table de chevet. Elle en sortit un petit album photo rangé parmi ses godes, sa drogue – tout ce qu'elle préfère – et l'ouvrit.

Son cœur battit un peu plus vite qu'à l'accoutumée en contemplant les photos de River. Elle s'allongea sur le lit, enfouit sa main dans sa toison et se masturba en matant sa photo. Elle l'imaginait en train de la pénétrer et poussa un gémissement, elle mordit sa lèvre inférieure tandis que son orgasme montait. Personne n'arrivait à la cheville de River, elle le savait, et en jouissant, hurlant et en gémissant, elle se jura une chose et une seule.

Tu seras bientôt à moi et cette fois, je ne te lâcherai pas...

CHAPITRE TREIZE

R iver se trompait grandement s'il pensait que Berry verrait d'un mauvais œil sa relation avec Sunday. Il lui en parla après le petit-déjeuner, avant que Sunday n'arrive pour la journée, Berry haussa les épaules.

« Je sais. T'es amoureux de Sunday. »

River sourit. « On n'est qu'au tout début tu sais, l'amour c'est... » Il ne termina pas sa phrase. *Oui, au diable après tout.* Berry avait raison. Il *était* amoureux de Sunday depuis le début. « Oui, c'est vrai. Mais je ne le lui ai pas encore dit, j'aimerais le lui annoncer, ok ?

– D'accord. » Berry était occupée à enlever les céréales vertes de son bol – c'était pas bon, même si River et Carmen n'avaient senti aucune différence. « Tu peux. Maman a dit oui.

– Ah bon ? » River était surpris. Il avait beaucoup parlé de Sunday à Lindsay. « Tu sais, c'est pas pour autant que j'aimais pas ta maman.

– Je sais. Maman et toi vous vous aimiez mais vous n'étiez pas *amoureux*. »

La répartie de sa fille fit rigoler River. « Tu sais que t'es très intelligente, toi ? »

Berry lui sourit, la bouche pleine de céréales, il éclata de rire. Il n'avait pas prévu d'avoir d'enfants mais il ne pouvait pas imaginer sa vie sans Berry. Cette salope d'Angelina voulait ternir le bonheur de Berry par égoïsme. Il ébouriffa les cheveux de Berry, bruns et bouclés comme les siens.

« Ma chérie... tu sais que Nanna aimerait te voir ? »

Berry hocha la tête. « Carmen m'a dit qu'elle allait venir me voir. »

River soupira intérieurement mais confirma. « Elle veut que tu ailles habiter chez elle. »

Berry posa sa cuillère et parla d'une toute petite voix qui brisa le cœur de River. « Tu veux pas que j'habite avec toi Papa ? »

– Bien sûr que si ! Je voulais juste te dire que Nanna aimerait que tu passes un peu de temps avec elle. C'est ta maison ici, Berry, avec Carmen, moi, et bientôt avec Sunday. »

Berry sourit, soulagée. « Nanna veut que j'aille la voir ? »

River hocha la tête. Il aurait tellement voulu hurler « non », lui dire que Nanna se servait juste d'elle pour l'atteindre lui, mais il n'en fit rien. Berry n'allait pas subir les répercussions des plans foireux fomentés par Angelina contre lui, il devait lui laisser le bénéfice du doute. Elle aimait peut-être vraiment Berry – il était inimaginable pour River qu'on ne puisse pas aimer cette adorable fillette.

« Coucou mes beautés. » Sunday pénétra dans la cuisine, River se sentit pousser des ailes. Le simple fait de voir son visage radieux le rendait heureux. Il l'embrassa légèrement sur la bouche, elle parut surprise et croisa le regard de Berry.

River sourit. « Berry dit qu'on forme un joli couple. Pas vrai, Berry ? »

Berry hocha exagérément la tête et Sunday se mit à rire, visiblement soulagée. « Vous avez discuté tous les deux ?

– Papa est dingue de toi, » dit Berry, elle plaqua ses mains sur sa bouche, croyant avoir révélé son secret. Sunday et River éclatèrent de rire, Sunday la chatouilla et la fit rire.

« Et moi je suis dingue de vous deux. » Elle prit Berry sur ses genoux et regarda River. « Je prendrai jamais la place de ta maman, tu sais ? »

Berry hocha la tête, pas décontenancée pour deux sous par sa question. « Je sais. »

River servit une tasse de café à Sunday et lui proposa de prendre son petit déjeuner. Elle le remercia pour le café mais déclina. « J'ai mangé une viennoiserie avec Daisy ce matin. J'avais besoin de sucre vue la nuit passée. »

River sourit et l'embrassa. « Sacrée nuit.

– T'as dit un mot pas beau, » lui souffla Berry, il se mit à rire.

« Pardon, Winnie. Et si on partait en balade ? On pourrait aller en montagne, ou faire du shopping à Telluride ? »

Sunday et Berry se regardèrent et répondirent en chœur « Faire du shopping. »

River secoua la tête, feignant la tristesse. « Ah, les femmes. »

SUNDAY AIDA Berry à s'habiller. Elle se demandait, tout en coiffant les cheveux bouclés de la petite fille, comment elle avait réussi à s'adapter à leurs nouvelles vies ici, elle-même s'était très vite sentie chez elle parmi eux.

« Sunday ?

– Oui mon trésor ?

– Est-ce que Papa et toi vous allez avoir un bébé ? »

Sunday sentit les larmes lui monter aux yeux. » Je ne sais pas ma chérie.

– J'aimerais bien avoir un frère ou une sœur. Non, une sœur plutôt. Les garçons c'est pas gentil. »

Sunday gloussa. « Ils deviennent très gentils en grandissant. Comme Papa. » *Pas tous* ... elle repoussa cette pensée.

« Je suppose.

– Écoute, Berry... ton papa et moi on se connaît pas depuis long-temps. On verra si on veut un bébé. »

Berry s'agrippa soudainement à son cou et Sunday l'enlaça. « Maman me manque.

– Je sais ma chérie, je suis vraiment désolée. » Elle la serra fort, tout contre elle. « Je sais qu'elle veille sur toi, elle est tout le temps avec toi, même si tu ne la vois pas. Elle t'aime tous les jours un peu plus. »

Berry hocha la tête, sa petite tête penchée contre la poitrine de Sunday. Sunday releva la tête, River les contemplait. Leurs regards se croisèrent.

« Je t'aime, » articula-t-il silencieusement, le regard pénétrant, Sunday lui sourit.

« Moi aussi je t'aime. » Elle le pensait sincèrement, le moment était bien choisi pour laisser parler son cœur.

RIVER DESCENDIT JUSQU'À TELLURIDE, ils firent les magasins toute la matinée, même les boutiques de souvenirs bien moches pour touristes. Berry se goinfra de sucreries, Sunday taquina River. » Elle ne va jamais dormir.

– Oh, que non. Je lui raconterai une de mes interminables histoires sur l'histoire de l'art. Soporifique à souhait. »

Sunday fit mine d'acquiescer. « Ah, oui, soporifique à souhait. »

River sourit et plongea les doigts dans son sundae. Il lui mit de la glace sur le nez. Berry éclata de rire en voyant Sunday essayer de se lécher sans y parvenir. « Papa t'es un bêta, » lança Berry, elle traça un cœur au sirop d'érable sur la joue de River avec l'aide de Sunday.

River regarda Sunday, son regard pétillait. « On la laisse s'en tirer à bon compte ?

– Oh que non, » Sunday riait, Berry poussait des cris perçants, ils barbouillèrent le visage de la fillette de sirop d'érable et de vermicelles, les clients éclatèrent de rire.

« Regarde-moi ça. » River secouait la tête pour essayer de se nettoyer avec Berry.

« De vrais chefs-d'œuvre. » Sunday prit Berry dans ses bras. « Je vais la débarbouiller. »

· · ·

RIVER ESSUYAIT le restant de sirop sur son visage lorsque son téléphone bipa, il venait de recevoir un texto. Il perdit son sourire en le lisant. « Putain. »

Sunday sortit de la salle de bain, son sourire s'évanouit devant son expression. « Qu'est-ce qu'il y a ? »

Il lança un bref regard à Berry et secoua la tête. Il attendit que Berry se soit endormie sur le trajet retour pour lui en parler. « Angelina arrive en ville vendredi pour discuter.

– Bon sang.

– Ouais. » Il lui jeta un regard. « Je réfléchissais à un truc. Je n'ai pas envie de prendre le risque qu'elle te reconnaisse. Si vous êtes en froid, elle se fera un plaisir de révéler ta planque au monde entier et je ne pourrais rien faire pour l'en empêcher. Je ne veux pas mettre ta vie en péril.

– Qu'est-ce que tu proposes ?

– Je vais négocier avec Angelina. Je vais l'autoriser à voir Berry – sous surveillance – mais je n'irai pas au-delà. Pour le bien de Berry. Mais je ne veux pas que tu t'en mêles. Ne viens pas à la maison ; ne tente rien avec elle. »

Sunday se tut un instant, River prit sa main. « Tu sais que j'ai raison.

– Je voulais t'aider.

– Je sais ma chérie, tu peux m'aider. Trouve-moi tout ce que tu peux d'utilisable contre elle au tribunal. » Il soupira. « Je sais ce qu'elle veut, bien entendu, mais elle ne l'obtiendra pas.

– C'est toi qu'elle veut. »

Il hocha la tête. « Sauf que je ne suis pas disponible. » Il sourit tristement. « Je ne l'ai jamais été. Pas depuis... ce que tu sais. »

Sunday caressa son visage. « Si elle tente quoi que ce soit...

– Oh, elle va essayer, mais j'ai changé. Je suis un homme désormais. Un homme qui va tout faire pour lui couper l'herbe sous le pied.

– Ne reste pas seul avec elle. Fais en sorte que Carmen ou Luke soient présents.

– Dans la mesure du possible. Tu restes ici ce soir ? »

Sunday acquiesça. « Oui. Puisque Berry est au courant pour nous deux. »

Il prit sa main et l'embrassa. « Merci. Te savoir à mes côtés me redonne espoir, ma chérie. Angelina ne gagnera pas la partie cette fois-ci. »

14

CHAPITRE QUATORZE

Berry s'endormit rapidement, Sunday et River étaient épuisés mais heureux d'être ensemble. River fit couler un bain chaud, ils s'y glissèrent tous les deux, se lavèrent mutuellement, s'embrassèrent. Sunday monta à califourchon sur lui. Il enfouit son visage entre ses seins. Ça la fit rire.

« Espèce de pervers, » le taquina-t-elle. Ça le fit rire.

« Toujours, avec toi. » Elle repoussa les boucles plaquées sur son visage.

« Mon Dieu, c'que t'es beau, Signore Giotto. »

Il rit. « Dis-moi, j'aimerais bien qu'on parte en voyage quand cette salope d'Angelina aura dégagé. En Italie. J'ai une villa en Toscane. Du soleil, la nature, de l'espace pour que Berry puisse jouer, pendant que je profiterai de sa belle-mère dans l'oliveraie.

« Ha, ha, les mauvais parents, » elle gloussa et soupira tandis qu'il glissait sa main entre ses jambes et se mit à la caresser. « Elle m'a demandé si on comptait avoir des enfants. Je lui ai répondu qu'il était *bien* trop tôt pour y songer. »

River réfléchit. « Tu veux des enfants ?

– En vérité ? Je n'y ai jamais pensé. Cory et moi désirions parcourir le monde, ce n'était pas au programme pour tout te dire. Je n'arrive pas à savoir pourquoi, avec le recul. J'ai comme l'impression qu'on menait une course contre la montre – sauf qu'elle s'est arrêtée. »

River arrêta de la masturber et la tint contre lui. « Je suis vraiment désolé pour Cory. »

Sunday hocha la tête. « Le soir où il est mort... mon Dieu, tout s'est enchaîné si vite. Il... le tueur, m'a appelée par mon prénom. J'ai cru qu'il s'agissait d'un fan ; ils attendent parfois à l'extérieur du studio pour saluer ou prendre un selfie. Je lui souriais lorsqu'il a tiré sur Cory. Je lui souriais. Mon Dieu. » Elle ferma les yeux, elle revoyait la scène. « Je me souviens de la poitrine de Cory qui explose, du sang partout, dans mes yeux, mais au lieu de hurler, je suis devenue folle. J'ai voulu attraper son arme et il m'a tiré dessus. Je l'ai fait suivre mais ça n'a rien donné. Ils ne l'ont jamais retrouvé. »

River l'enlaça étroitement. « Mais tu as été blessée.

– La balle a manqué mes organes vitaux mais j'ai perdu énormément de sang. Ils n'ont pas réussi à la retirer ; elle est toujours logée dans ma colonne vertébrale. »

Il caressa ses reins, elle lui sourit. « C'est rigolo quand je franchis les portiques à l'aéroport.

– Je déteste te savoir blessée.

– On a tous été blessés, que ce soit sur le plan physique, sexuel ou émotionnel. L'essentiel est d'arriver à le dépasser. Tu as eu ta dose toi aussi. On est ensemble. Je t'aime, River.

– Je t'aime aussi ma chérie. Tu es la seule femme que je n'ai jamais aimée – d'amour. Mais plus encore, tu es la seule femme en qui j'ai totalement confiance depuis la mort de ma mère.

– Ne dis pas ça à Carmen. » Sunday lui sourit mais il garda son sérieux.

« Carmen est Carmen. C'est ma mère de substitution ; j'oublie parfois qu'elle n'est pas ma mère. Tu vois ce que je veux dire. De tout mon cœur. Je te fais confiance en mon âme et conscience. »

Sunday avait les larmes aux yeux. « Je te voue une confiance aveugle. Si tu as besoin de moi quand Angelina sera là, je serai là mon chéri. On se fiche du reste. Je suis là. »

· · ·

ILS FIRENT l'amour dans l'eau qui avait rafraîchi, puis au lit. Il la prit dans ses bras et l'embrassa. « Je suis content de me réveiller à tes côtés demain matin.

– Moi aussi. »

River s'endormit rapidement mais Sunday ne trouvait pas le sommeil. Elle resta blottie dans ses bras jusqu'à ce qu'elle soit bien sûre qu'il dorme profondément et se leva. Lire un peu l'aiderait peut-être à dormir.

La maison était paisible la nuit. Dehors, la pleine lune jetait une lumière bleutée dans toute la maisonnée. Le lac était lisse comme un miroir. Sunday alla dans son bureau et choisit l'un des journaux de Ludovico Giotto. Elle alluma une petite liseuse, chaussa ses lunettes et se mit à lire.

Elle comprit au bout d'une heure. Elle savait pourquoi River voulait qu'elle retranscrive les journaux de son père. Il voulait savoir. Il voulait savoir si son père était au courant des mauvais traitements qu'Angelina faisait subir à son fils.

« Oh, mon Dieu, non... » Sunday secoua la tête, effrayée par le poids de ce qu'elle risquait de découvrir. Si Ludo était au courant...

Devrait-elle lui mentir ? S'il était au courant, valait-il mieux que River croit son père ignorant de la chose, même si ce n'était pas le cas ?

« Putain. » Elle se frotta les yeux. Qu'allait-elle faire ?

Elle se sentait légèrement nauséeuse, elle reposa le journal sur le bureau et éteignit la lampe. Elle alla se servir un verre d'eau glacée dans la cuisine. Elle le but et ferma les yeux.

Elle sentit sa présence derrière elle et se tourna vers lui. Il plaqua ses lèvres sur les siennes tandis qu'elle entrouvrait les siennes pour parler mais il secoua la tête. Il était encore plus sexy sous la lune bleutée, il la fit asseoir sur le comptoir et écarta ses jambes, Sunday se livra à lui. Il la poussa en arrière et fit passer ses jambes autour de ses hanches. Il plaça son sexe devant sa vulve et la pénétra profondément. Sunday se cambra pendant que River la tringlait, le silence régnait, à l'exception de leurs halètements.

Elle jouit violemment, River plaqua sa bouche contre la sienne pour étouffer ses cris, il la pilonnait avec sa grosse bite, son sperme épais giclait en elle. Elle haletait pour reprendre son souffle, il la prit dans ses bras et retournèrent et refirent l'amour dans la chambre.

Sunday caressa son visage une fois qu'ils eurent terminé. « Je t'aime tellement, » murmura-t-elle, River hocha la tête sans la quitter des yeux.

« Tu comptes plus que tout, » dit-il simplement en l'embrassant.

Sunday n'eut aucun mal à s'endormir dans ses bras cette fois-ci.

À l'extérieur de la maison, l'homme prit d'autres photos du couple endormi. Elles seraient sombres mais il ne pouvait prendre le risque d'utiliser le flash. Heureusement pour lui, la lune éclairait les amants endormis, il réussit à photographier leurs visages.

Il les envoya à son client de retour au motel. Quelques minutes plus tard, un virement bancaire partait. Il reçut un email laconique, « Beau boulot. »

Et voilà.

À NEW YORK, Angelina Marshall éclata de rire en voyant les photos, elle appela Scanlan sur son portable. Il était mécontent d'être réveillé en pleine nuit.

« Putain mais t'as vu l'heure Angelina ?

– Oh, je crois que tu vas vite changer de ton quand tu sauras, » susurra-t-elle, victorieuse. » Tu ne devineras jamais qui est la nouvelle maîtresse de River Giotto… »

CHAPITRE QUINZE

Quelques jours plus tard, Sunday embrassait River pour lui dire au revoir, elle s'installait dans son appartement pour quelques jours. « On est d'accord, tu m'appelles si tu as besoin de quoi que ce soit ?

– Promis juré. Bon sang tu vas me manquer. » Il fourra sa main dans ses cheveux et la contempla. « Ne tombe pas amoureuse d'un autre.

– Ha. » Elle frotta le nez contre le sien. « Ne la laisse pas faire. »

River sourit. « Promis. »

SUNDAY DÉTESTAIT DEVOIR LE LAISSER, sachant que la femme qui l'avait persécuté ne tarderait pas à arriver. Elle avait glissé les mémoires de Ludo dans son sac, elle comptait travailler dessus les jours prochains. Elle posa son sac dans son appartement glacial, elle devait se changer les idées pour ne pas penser au Château.

Elle passa voir son amie Daisy au café. À sa grande surprise, elle la trouva en pleine discussion avec Tony, le jeune snowboarder, Sunday comprit que son amie sortait avec le nouveau-venu.

Parfait. C'était du sérieux. « Comment tu vas ? Désolée, j'ai dû m'absenter quelques jours. »

Daisy lui sourit. « Tout va bien ma poulette. Je sais que vous êtes super amoureux River et toi.

– Ah bon ?

– Un secret ne le reste jamais bien longtemps. C'est fantastique, et tu sais quoi, Aria n'a pas l'air de mal le prendre. »

Sunday leva les yeux au ciel. « Tant mieux. Je n'ai aucun besoin d'un ennemi supplémentaire. » Elle s'aperçut, trop tard, de ce qu'elle venait de dire. « Je voulais dire, d'un ex jaloux. »

Elle sourit à Tony. « Alors, vous avez fait plus ample connaissance ?

« Elle est géniale, même si j'ai parfois un souci avec mon accent. Son père m'a dégoté un boulot à la station de ski.

– Je suis ravie de l'apprendre. » Elle sirota son café et se demanda pourquoi Tony la dévisageait. « Y'a un problème ?

– Non... c'est juste que vous me rappelez quelqu'un. »

Sunday sentit son ventre se nouer. « Oh ?

Vous n'avez jamais fait de télé ? »

Elle esquissa un sourire forcé. « Non.

– Ah. »

Change de sujet. « Et vous faites quoi, à la station ? »

Elle n'écoutait pas vraiment ce qu'il lui racontait, secouée à l'idée qu'il la reconnaisse. La nausée l'envahit, elle se rendit compte que River faisait vraiment tout pour la protéger. Se tenir à l'écart était la seule chose à faire.

Elle termina son café et prit congé, se dirigea vers la porte qui s'ouvrait, le cœur de Sunday se figea.

Angelina était arrivée.

ANGELINA LA REGARDA droit dans les yeux sans la reconnaître. Un homme grand aux yeux d'un bleu perçant se tenait derrière Angelina. « Excusez-moi, » marmonna Sunday en les dépassant. « Merci, » répondit-elle à l'homme qui lui souriait.

« Je vous en prie. »

Elle traça dans la rue et s'enferma chez elle. Elle n'imaginait pas que revoir son passé la bouleverserait à ce point, sans penser aux horreurs qu'Angelina avait fait subir à River. Sunday ressentait de la colère, de l'amertume, de la peur, de la détresse, elle était contente d'être seule pour donner libre court à ses larmes et toute cette douleur refoulée.

Elle pleura tout son saoul et se doucha, la migraine lui vrillait le crâne. Elle ne travaillerait pas aujourd'hui, elle fit une longue sieste, se réveilla, mangea un peu de pâtes et se rendormit.

Elle se réveilla, la tête lourde, son téléphone vibrait. Elle sourit en voyant qui c'était. « Salut mon chéri.

– Salut ma beauté. » River paraissait calme. « Tu me manques.

« Moi aussi mon trésor. » Elle hésita. « Tu l'as vue ?»

River soupira. « Oui... et sa visite me laisse perplexe.»

Sunday se redressa. « C'est à dire ?»

« Primo, elle est venue avec son fiancé. Cette salope va se marier. Le pauvre.»

Sunday sentit le sarcasme pointer dans la voix de River, elle était contente que ça ne l'affecte pas. « Et pour Berry ?»

« Elle demande un droit de visite. Je lui ai dit oui, mais à certaines conditions.»

« C'est à dire ?»

« Les visites s'effectueront en présence d'un tiers. Elle ne compte pas s'installer ici. Ma présence n'est pas souhaitée mais Berry sera toujours accompagnée par un adulte. » Il soupira. « J'y suis peut-être allé un peu fort en lui disant que je garderai son passeport durant ses visites avec Berry. »

Sunday pesta. « Inutile de prendre des gants avec Angelina. » Elle hésita. « Elle m'a vue. Je prenais un café chez Daisy lorsqu'elle est entrée. Elle m'a regardé droit dans les yeux mais je te jure qu'elle ne m'a pas reconnue River. Elle n'avait pas la moindre idée de qui j'étais. »

River gronda. « *Ne dis pas ça. On ne sait jamais. Tu connais l'homme qui l'accompagnait ? »

« Pas du tout. Qui est-ce ? »

« Un mec plein as, de New York. Il doit être riche si Angelina l'épouse. Brian Scanlan. T'es sûre que tu ne le connais pas ? »

« Non, je ne vois pas. Je chercherai. »

« Super. » Il soupira. « Ça m'inquiète de te savoir seule, tu trouves ça étrange ? »

« Ne t'inquiète pas. Je suis en sécurité, mon chéri. C'est l'affaire de quelques jours, après je remonte. »

« Oui je sais. » River se tut, Sunday était mal pour lui.

« Ça été pénible ? »

« La revoir oui. J'ai bien cru que j'allais lui sauter dessus et lui arracher la tête, je pense que c'est la raison pour laquelle elle est venue avec son fiancé. »

« Tu l'as trouvée comment ? »

« Charmante. Fausse comme un jeton. Le couple parfait. »

Sunday rit. « J'aime bien quand tu te comportes comme une garce, Giotto. Je t'aime. »

« Je t'aime aussi mon amour. »

Ils discutèrent encore un peu et se souhaitèrent bonne nuit. Sunday se sentait immensément seule dans le silence de cet appartement paisible. Elle alla prendre de l'aspirine dans la cuisine. *J'ai peut-être trop dormi.* Ses yeux étaient bouffis à force de pleurer. Elle se fit un café fort, alluma son ordinateur et tapa « Brian Scanlan » dans le moteur de recherche.

Le site de Scanlan Properties s'afficha en premier, un cabinet immobilier haut de gamme à Manhattan. Elle le fit défiler et tomba sur la page dédiée au fondateur. Brian Scanlan, quarante-deux ans, célibataire, self-made plein aux as, homme d'affaire avisé, séduisant mais froid. Impitoyable dans le monde des affaires, il fréquentait les gros bonnets de l'Upper East Side.

« Comment ça se fait que je n'ai jamais entendu parler de toi ? » marmonna Sunday in petto. River avait raison. Ce mec était louche. Elle effectua une recherche approfondie mais ne sortirent que des faits qu'elle connaissait déjà. « Personne ne vit dans l'anonymat, surtout pas un homme aussi riche que vous, M. Scanlan. »

Sa curiosité de journaliste était piquée au vif. S'il fréquentait une vipère comme Angelina, c'est qu'il y trouvait son compte. À supposer qu'Angelina puisse effectivement être considérée comme une belle femme, quiconque ayant un tant soit peu d'humanité ne pourrait pas supporter sa nature abjecte, non ? Sunday soupira. Se montrait-elle injuste ?

Non. Elle détestait Angelina de tout son être, ceux gravitant autour d'elle étaient forcément aussi pourris qu'elle. « Si tu cherches des noises à mon mec, Scanlan, t'es un homme mort. » Comme si elle avait un quelconque pouvoir sur lui. D'après le peu qu'elle avait vu, Scanlan savait se défendre.

Elle éteignit son ordinateur et alla se coucher, après s'être assurée que la porte de son appartement soit bien fermée. L'avertissement de River l'avait rendue nerveuse.

IL FAISAIT NOIR quand elle ouvrit les yeux, elle entendit quelqu'un respirer tout en s'habituant à l'obscurité. Non, non, c'était le fruit de son imagination. Elle ferma les yeux et entendit le plancher craquer. Elle se redressa. Une silhouette étrangement floue se dirigeait vers elle...

Pourquoi je n'arrive pas à bouger ?

L'intrus s'approchait, elle ne distinguait pas son visage, son corps était vigoureux et ses mains... Dieu du ciel, il avait *des couteaux* à la place des mains, il la poignardait...

Réveille-toi.

Sunday se redressa, elle suffoquait. « Putain de cauchemars de merde. » Verbaliser l'aida à se sentir mieux. Merde, elle devenait une vraie chochotte ou quoi ?

Elle regarda le réveil. 1h00 du matin passé. Elle savait que River était encore debout, elle l'appela.

« Salut ma beauté.

– Salut beau mec. J'étais couchée, tes mains me manquent. »

River rit doucement. Il savait ce qu'elle attendait de lui. « T'es excitée ma jolie ?

– Toujours avec toi. T'es habillé ?

– Je suis en caleçon.

– Enlève-le.»

River rit. « Ok, mais toi aussi alors.

– Oh, j'enlève tout.»

Il poussa un gémissement. « Bon Dieu, dommage que je sois pas là.

– Tu m'aurais fait quoi ?

– Je t'aurais embrassé partout, en commençant par tes lèvres, ta gorge. Je sucerais tes mamelons jusqu'à ce qu'ils deviennent durs et roses. Où est ta main ma chérie ?

– Sur mon ventre.

– Caresse-toi. Fais comme si c'était mes doigts. J'adore caresser ton ventre ; il est si doux. J'adore lécher ton nombril. Tu peux ? Avec ton doigt bien sûr, fais des cercles autour de ton nombril, fais comme si j'étais là, à te lécher, t'exciter. »

Sunday gémit doucement, les yeux fermés. « Touche ta queue pour moi mon trésor. Fais comme si mes lèvres se refermaient dessus, comme si ma langue léchait ton gland dilaté. T'es dur, tellement dur bébé et tellement énorme... »

Elle l'entendit souffler bruyamment. « Je descends sur ton ventre ma beauté, ma langue s'attarde sur ton clitoris... mon Dieu, tu as bon goût, Sunday... ma langue s'insinue de plus en plus profondément... »

Sunday branlait son clitoris tout en s'agitant sur le lit. « Je veux te sentir en moi ; ta bite est dure, comme de l'acier... baise-moi, River, s'il te plaît... »

– Je suis en toi. Prends-la toute entière, bébé, voilà... encore... »

Sunday jouit, elle hurla en se branlant, elle imaginait que son sexe dur comme de la pierre la pénétrait. « Mon Dieu, River... River... je t'aime tellement...»

Il poussa un long gémissement. « Sunday... je t'aime... pour toujours...»

Ils reprirent leur souffle et discutèrent jusqu'à tard dans la nuit. « Encore une nuit loin l'un de l'autre, et après on sera tranquilles.

– J'ai hâte. Bonne nuit ma chérie.

– Bonne nuit, mon chéri.»

SUNDAY NE FIT PLUS de cauchemars. Son sang se glaça en trouvant un mot glissé sous sa porte le lendemain matin.

JE T'AI RETROUVÉE, *Marley.*

CHAPITRE SEIZE

« T u vas devoir déménager. »

Sunday ferma les yeux. « Non. Sam, non. »

Elle l'entendit soupirer à l'autre bout du téléphone prépayé. « Sunday, je ne peux pas te forcer. Mais tu es en danger si ton agresseur t'a retrouvée.

– Je ne peux pas partir, Sam. Ma vie est ici, j'ai des engagements... un homme que j'aime. Des gens que j'aime.

– À New York aussi. »

Elle comprit que non, ça n'avait rien à voir. « Non. Ce n'était pas pareil à New York. Je ne m'en étais pas rendue compte mais ma vie là-bas s'est arrêtée à la mort de Cory. Je n'avais aucune attache. C'est ici... que ma vie a réellement commencé.

— Tu sais qu'on ne peut pas garantir ta protection à cent pour cent. On bosse avec la police locale pour identifier ce type, rester là-bas fait de toi une cible.

– Je sais. Je m'en sortirai, Sam. Je dois l'affronter.

– Tu sais te servir d'une arme ?

– Non, mais j'apprendrai. Mon compagnon en a une.

– Tu lui as parlé du mot ?

– Pas encore. » Sunday se sentait coupable. « Je voulais t'en parler avant.

– Il est au courant ?

– Oui. C'est du sérieux, Sam. C'est River Giotto.

– Ah. Cet homme en connaît un rayon en matière de sécurité apparemment. »

Sunday ne répondit pas. Sam s'inquiétait. « Je devrais peut-être tout révéler, histoire de faire sortir le loup du bois. Pour l'attirer. Pour en finir.

– Et s'il te tue ?

– S'il doit me tuer il me tuera. Et ce sera la fin. » Sa voix se brisa, elle se contredisait. « Je peux plus continuer comme ça.

– Ok, ma chérie. Dis-moi, y'a de nouvelles têtes en ville ? Des étrangers ?

– Oui, deux. Un snowboarder et un gros agent immobilier originaire de New York.

– Comment s'appelle-t-il ?

– Brian Scanlan ?

– Ah, oui. »

Sunday sentit son cœur se serrer. « Tu le connais ?

– Il est connu de tout New York. Non, il ne m'intéresse pas. Qui est l'autre mec ? »

Elle lui parla de Tony, il ferait des recherches. « Évite-le pour le moment. On ne sait jamais. Tu peux rester chez River ? »

Elle soupira. « Oui, puisque le secret est éventé. Angelina Marshall est son ex-belle-mère. Elle est ici.

– Cette vipère. »

Sunday sourit de bon cœur. « Oh, qu'est-ce que je ne donnerais pas pour qu'elle se fasse coffrer.

– Effectivement, c'est un sacré numéro, on est bien d'accord là-dessus. »

L'espace d'une seconde, Sunday se demanda si elle devait annoncer à Sam qu'Angelina avait agressé River sexuellement... mais ce n'était pas à elle d'en parler. « Je vais chez River.

– Parfait. Prends soin de toi par pitié. Éteins ce téléphone. Je te rappellerai.

– Merci, Sam. »

ELLE CONTACTA River sur le champ et lui promit de rester chez elle la porte fermée à double tour. « Je passe te prendre. Prépare tes affaires ; tu t'installes chez moi. »

La féministe en elle se rebella, la romantique adorait ses paroles pleines de bon sens, elle lui en fit part mais il n'avait pas envie de rire. « Je n'ai pas envie de plaisanter, tu es en danger, mon amour. »

Il arriva en moins de vingt minutes. Elle le fit entrer et se jeta dans ses bras. Elle réalisa qu'elle tremblait.

« Je suis en colère, ma chérie. Je n'aurais jamais dû te laisser seule.

– J'ignore comment il a fait pour me retrouver. » Elle se blottit contre lui, soulagée de le savoir ici. « Il est grand temps que ça s'arrête une bonne fois pour toutes. »

River la lâcha et la dévisagea. « Tu crois que je vais te laisser servir d'appât ?

– Non, et ce n'est pas ce que je voulais dire. Je veux dire que j'en ai marre de fuir. Tu es toute ma vie, ma vie est ici, à Rockford. » L'admiration et la crainte se lisaient dans ses yeux. « On l'affrontera ensemble. »

River l'embrassa. « Compte sur moi. »

BERRY COURUT se jeter dans les bras de Sunday. « Sunny ! »

Sunday gloussa et la fit tournoyer. « C'est mon nouveau prénom ? »

River réprima un sourire. « Dis à Sunny pourquoi tu l'appelles comme ça.

– Et ben, » commença Berry, « Tu t'appelles Sunday, mais t'es aussi une maman chérie, alors c'est Sunny. »

Sunday était émue aux larmes, elle se racla la gorge avant de répondre. « J'adore, Berry, je t'aime tu sais. »

Berry était aux anges, elle enfouit son visage dans le cou de Sunday, qui l'enlaça tendrement. River les regardait, le sourire aux lèvres. « Une famille, » fut sa seule réponse, elle acquiesça.

RIVER LUI APPRIT qu'Angelina rendrait visite à Berry dans la journée. Sunday hocha la tête. « Très bien, je serai là. Je ne veux plus me cacher. Qu'elle aille se faire foutre. »

River n'avait pas l'air content mais devrait bien s'y faire. « Je vais faire en sorte d'assurer notre sécurité, ne sors pas toute seule tant qu'on ne l'aura pas coffré, ma chérie. »

Elle lui raconta ce que Sam lui avait dit, il approuva. « Oui, j'ai repensé à ce gars. Tu crois que ça pourrait être lui ?

– C'est bien là le problème. Je n'en sais rien. Il pense m'avoir déjà vue quelque part, il m'a demandé si j'avais fait de la télé. Il a l'air naïf, Daisy l'aime bien. J'espère, je dis bien j'espère, qu'il ne trempe pas là-dedans. »

River hocha la tête. « Peut-être que... non.

« Pardon ?

– On pourrait demander à Aria de le garder à l'œil. Elle le ferait sans problème si c'est pour Daisy. »

Sunday était sceptique. « Tu crois... qu'on peut lui faire confiance ? On ne peut pas dire qu'elle nous adore.

– Elle le fera pour protéger Daisy. Tu peux dire ce que tu veux sur Aria et ses airs de prima donna, mais elle adore Daisy. »

Sunday approuva. « D'accord. »

River caressa ses cheveux. « Tu te sens prête à affronter Angelina ? »

Sunday lui sourit en retour. « Je vais essayer de pas lui arracher les yeux, si c'est ce que tu veux savoir.

– J'adore ta fougue. » Il hésita un moment. « Ce n'est pas bien grave mais t'as...

– Je n'en suis pas encore là dans les journaux de ton père, » répondit-elle doucement, il haussa les épaules, l'air gêné.

« Je n'aurais pas dû t'en parler avec tout cette histoire. Ça m'aide-rait simplement pour la négociation.

– Elle croit... parvenir à ses fins ?

– Elle ne tentera pas grand-chose si son fiancé est dans le coin, mais s'il venait à s'absenter... oui. Elle a été très claire là-dessus, si je voulais, il ne tiendrait qu'à moi de... ah. Ça me dégoûte. »

Sunday passa ses bras autour de son cou. « Écoute ... pendant qu'on a affaire à elle, autant lui rendre la monnaie de sa pièce. Si elle ne me reconnaît pas je vais lui rafraîchir la mémoire, et je vais lui dire que je bosse sous couverture sur un dossier brûlant. Une affaire qui rentrera dans les annales... l'histoire d'une enfant abusée sexuelle-ment par un homme riche... et la révélation de l'homosexualité de son agresseur. Ce n'est pas vrai bien sûr... mais ça nous fera une pause. » Elle secoua la tête. « J'aimerais la tuer quand j'y pense, dire qu'elle ose s'immiscer dans la vie de Berry...

– Du calme, respire, » dit River en riant. « Je crois qu'on serait tous les deux prêts à tuer pour se venger l'un l'autre. »

Sunday approuva. « Je serais prête à mourir pour toi River. Et Berry. »

River inspira profondément. « C'est réciproque, mais là n'est pas la question. Il s'agit de notre famille, je ferai tout pour la protéger. *Tout.* »

CHAPITRE DIX-SEPT

Ils décidèrent d'administrer un petit électrochoc à Angelina. Sunday attendrait qu'Angelina se soit installée, qu'elle discute avec Berry et River avant de dévoiler son identité. « J'ai trop hâte de voir la tête que va faire cette connasse. »

River gloussa. « J'adore ton côté espiègle. »

Sunday lui sourit. « Arrête de me regarder comme ça sinon on sera encore en train de baiser quand ils arriveront.

– Ça y est, je bande.

– Coucouche panier mon beau. »

Sunday était étonnée de leur décontraction vu ce qui les attendait, c'était leur manière à eux de prendre du recul. T'es un artiste mais tu vois plus les couleurs ? *Faut en rire.* Affronter ton agresseur ? *Un jeu d'enfant.* Suivie par un maniaque ? *C'est le cadet de mes soucis.*

Mais tout passait par leurs doigts entrelacés, leurs corps qui se touchent, leurs regards qui se croisent. *Tu es à moi, je mourrai pour te protéger.* Voilà ce que Sunday lisait dans le regard de River, elle espérait qu'il le voyait dans ses yeux à elle aussi.

CARMEN VINT LES TROUVER. « Vampira est arrivée. »

Sunday ne comprenait pas, River se détendit légèrement. « Qui est Vampira ? » Berry entra dans la pièce, Carmen fit la grimace.

« Carmen a surnommé Angelina, Vampira » River prit sa fille dans ses bras. « Parce qu'elle est méchante. »

La franchise de River surprit Sunday. « Mais il ne faut pas dire à Angelina que Carmen l'appelle comme ça, » ajouta-t-elle précipi-tamment.

Berry haussa les épaules. « D'accord. »

Sunday alla se planquer tandis que Carmen emmenait Berry dans sa chambre. Elle ressentit une rage sourde en entendant Ange-lina. Comment cette femme osait-elle s'immiscer dans la vie de River après ce qu'elle avait fait ? Brian Scanlan salua River poliment. Qui était ce type ?

Elle attendit qu'ils s'asseyent, River prit la parole. « Je suis contraint de t'annoncer que les choses ont changé depuis notre dernière conversation. Je veux la garde exclusive de Berry, je deman-derai au juge qu'il t'interdise définitivement de l'approcher. Tu ne la verras plus jamais. »

Il régnait un silence de plomb. « Ce n'est pas ce dont nous étions convenus. »

« Non, mais telle est ma décision, Angelina. Je ne laisserai pas une pédophile approcher ma fille. T'es folle ou quoi ? »

Dans son coin, Sunday fit le V de la victoire. *Bouffe-la mon chéri.* Scanlan se racla la gorge. « Excuse-moi Angelina mais je ne comprends pas. »

Alea jacta est. « Ce qu'il essaie de vous dire, M. Scanlan, » dit-elle en pénétrant dans la pièce, « c'est que votre fiancée, Mlle Marshall ici présente, a maltraité et violé River depuis l'âge de quinze ans jusqu'à ses dix-huit ans. Elle ne l'a pas seulement maltraité sexuellement mais verbalement et moralement, faisant de sa vie un enfer. » Elle regarda Angelina, qui la dévisageait avec une haine non dissimulée. « Bonjour, Angelina, quelle horreur de vous revoir. »

Angelina esquissa un sourire malfaisant. « Dieu du ciel... *Marley Locke.* » Elle n'avait pas l'air surprise.

Brian Scanlan était perplexe. « Excusez-moi mais qui est cette femme ?

– Je m'appelle Sunday Kemp, M. Scanlan, anciennement Marley Locke, journaliste et présentatrice des informations télévisées à New York. Mlle Marshall et moi-même nous connaissons. M. Giotto m'a confié sous couvert du secret ce qui s'est passé avec vous, Angelina, et croyez-moi, les preuves sont irréfutables. Nous sommes en possession d'un témoignage écrit de la part de son père et du personnel employé par Ludo, que nous remettrons aux autorités. »

Elle pressa l'épaule de River, en espérant qu'il comprenne qu'elle bluffait. « Vous êtes foutue, Angelina, » dit-elle d'un ton glacial. « Nous avons déjà remis cette preuve à la police. Vous devriez être arrêtée dès votre retour sur New York.

– Espèce de salope, » Angelina frémissait, visiblement ébranlée. « Vous vous prenez pour qui, vous écartez les jambes devant mon fils...

– River n'est pas votre fils. *Il ne l'a jamais été.* » River se leva, sa carrure était imposante. Même Scanlan ne faisait pas le poids. River écumait de rage, il avança vers Angelina, elle s'éloigna et recula. « Tu m'as *violé*... tu crois *vraiment* que j'allais te laisser approcher de ma fille ? Et ne joue pas la victime, ton rôle préféré. Notre Dame de la Perpétuelle Victime. T'es qu'une ordure, Angelina. » Il regarda Scanlan. « Je ne sais pas où vous en êtes avec elle mais un conseil, fuyez. Dégagez. Laissez tomber. Elle va détruire votre vie.

– Angelina, allons-y. » Scanlan attrapa Angelina par le bras mais elle se débattit et se jeta sur Sunday. Sunday s'était préparée et esquiva prestement l'attaque d'Angelina, elle la frappa derrière le genou et l'envoya valser par terre.

Angelina se remit sur pied mais Sunday, prête à attaquer, se rua sur elle. « Amène-toi salope. River ne frappera jamais une femme mais moi oui. Fais-moi ce plaisir, Angelina.

– Ce ne sera pas nécessaire, Mlle Kemp.» Scanlan était secoué. Il aida Angelina à se redresser et adressa un signe de tête à River. « Pardonnez-moi, M. Giotto. Je ne savais pas. »

Angelina émit un bruit de dégoût, Scanlan dû pratiquement la traîner hors de la maison. Angelina hurlait tandis que Scanlan la faisait monter en voiture. Sunday et River les virent démarrer, ils se regardèrent.

« Tu vois ce que je vois ? » dit River, incrédule, Sunday éclata de rire.

« Ça a marché, mec. Tu l'as coincée.

– *Tu* l'as coincée. Putain, c'était sexy. »

Sunday l'embrassa. « Sexy comment ? Fais voir.

– Ahem, » dit Carmen, en souriant, elle revenait avec Berry. « Y a des enfants ici. »

Elle regarda River, qui prit sa fille dans ses bras. Berry l'embrassa sur la joue. Carmen posa sa main sur son bras. « Tout va bien ?

« Oui, » dit-il. « J'ai tout balancé. Je l'ai affrontée. Je me sens... mieux.»

Carmen et Sunday lui sourirent. Sunday avait les larmes aux yeux. « Je suis fière de toi.

– Et si on préparait à manger tous ensemble ? Qu'est-ce qui vous ferait plaisir ? » demanda Carmen, elle savait déjà ce qu'ils allaient lui demander vu son sourire.

« Une pizza.

– Une pizza ! »

Carmen gloussa. « Alors suivez-moi. »

River prit la main de Sunday, ils suivirent Carmen dans la cuisine. « Merci d'être là mon amour. »

Sunday lui sourit, éperdue d'amour. « Je serai toujours là, mon amour. Toujours. »

ANGELINA N'ARRÊTAIT PAS de lui crier dessus tandis qu'ils s'éloignaient de chez River Giotto, Scanlan finit par en avoir marre de sa voix de crécelle et lui décocha un coup droit sur la tempe. Sa tête battit contre la vitre latérale, on entendit un gros craquement, elle avait enfin fermé son clapet.

Scanlan poussa un soupir de soulagement. Il repensait à Marley, elle ignorait tout de son identité, du rôle qu'il jouait dans sa vie. Elle était sublime. Ses cheveux bruns avaient retrouvé leur couleur naturelle, ses grands yeux sombres, sa bouche rose pulpeuse...

Il était surpris qu'elle ne soit pas plus effrayée que ça, qu'elle se soit montrée sous sa vraie identité. Elle avait atterri ici pour prendre un nouveau départ... et bien... elle couchait apparemment avec River Giotto. Peu importe. Laissons-la penser que tout allait pour le mieux.

Scanlan s'arrêta voir le panorama montagneux. Il contempla le sol enneigé. Et maintenant ? Angelina ne lui jamais parlé du viol de Giotto, elle s'était montrée vraiment stupide en se liguant contre lui. Il avait perdu son « entrée » avec eux... ou pas ? Il contemplait la femme inconsciente sur le siège passager. Angelina connaissait son secret... s'il la tuait, on l'arrêterait forcément. Ça ne voulait pas dire qu'il ne pouvait pas la menacer si elle tentait de rompre la loi du silence... il devait se montrer prudent.

L'essentiel était que Marley – Sunday – vive avec lui et laisse tomber Giotto. Peut-être que s'il promettait à Angelina qu'elle pourrait récupérer River pendant qu'il s'échapperait avec Sunday... bien sûr, il ne laisserait jamais une telle chose arriver. Il tuerait Giotto, piègerait Angelina qui en subirait les conséquences, et il vivrait enfin avec la femme de sa vie.

Il n'était pas assez stupide pour croire que Sunday allait tomber dans ses bras – elle serait bien trop occupée à pleurer la mort de son connard d'italien – elle comprendrait peu à peu que sa mort était une délivrance.

Scanlan avait abandonné son plan initial, vivre dans son complexe à New York. Non. Ils quitteraient le pays, iraient dans un endroit où le FBI ne les retrouverait pas. Il avait acheté une île, une petite île privée dans l'archipel des Iles Sous-le-Vent. S'en échapper serait impossible.

Au pire, son meurtre passerait inaperçu, personne ne découvrirait jamais son corps.

Angelina gémissait, il attendit qu'elle ouvre les yeux et lui dit en souriant, « Angelina, réveille-toi. J'ai de bonnes nouvelles pour toi. »

CHAPITRE DIX-HUIT

S unday caressa River sous la douche le lendemain matin. Il lui sourit, l'eau coulant de ses boucles brunes dégoulinait sur ses longs cils épais. Sunday l'embrassa. « Je t'aime. » Des paroles simples mais sincères.

C'était étrange. Elle se savait menacée mais avait le cœur en paix avec cet homme. Sa vie était ici, avec lui, rien ne viendrait jamais rompre cette harmonie.

River l'attira contre lui. « Dis-moi... on avait parlé voyage. Et si on partait ? Avant que Berry ne reprenne l'école, avant l'été et les grandes vacances ? »

Elle se lova contre son corps robuste et musclé. « D'accord.

– Va pour l'Italie ? »

L'amour et l'excitation qu'elle lisait dans ses yeux faisait plaisir à voir.

« Je vais adorer, mon amour. Je veux connaître ton pays natal. »

ILS PLANIFIÈRENT leur voyage en quelques jours et s'envolèrent tous les trois pour l'Italie. River possédait une villa en dehors de Sienne, la campagne était vallonnée, Berry était tout excitée en voyant les haies de cyprès et les anciennes villas isolées. River roula jusqu'à sa villa située sur une petite colline, il regardait Sunday à la dérobée pour guetter sa réaction, elle avait les larmes aux yeux. Elle lui sourit. « C'est sublime mon chéri. »

Il emboîta le pas à Sunday et Berry, parties explorer la villa, ses chambres aux murs blancs, ses tomettes au sol, ses beaux meubles. « Un gardien et un jardinier s'en occupent mais je préfère être seul quand je suis ici. J'ai désormais une famille avec laquelle venir. » Il sourit à Sunday et ouvrit les volets de la grande pièce principale donnant sur une véranda qui surplombait la vallée.

Berry poussa des cris de joie en voyant la piscine. « On met les maillots et on pique une tête ? Un peu de fraîcheur nous fera du bien, » dit River à sa fille, qui approuva vivement. Il regarda Sunday, tout sourire.

« C'est parti. »

RIVER ET BERRY traînèrent Sunday de force à la piscine, River regarda Sunday avec admiration lorsqu'elle se déshabilla, son bikini blanc faisait ressortir sa peau caramel.

« Waouh, » dit River, Sunday sourit en voyant son regard empli de désir. Elle entra dans l'eau et nagea jusqu'à lui. Berry chantonnait, installée dans sa bouée gonflable, Sunday se réjouissait d'avance de son espièglerie, elle empoigna le sexe de River à travers son maillot.

Il poussa un gémissement et banda instantanément, Sunday s'éloigna à la nage. « Tu ne perds rien pour attendre, femme. »

Ils s'amusèrent avec Berry dans la piscine, Sunday et elles se liguèrent contre River jusqu'à ce qu'il demande grâce, hilare. Puis, Sunday et River préparèrent un bon poulet rôti, ils s'installèrent sur la véranda, le crépuscule tombait sur la vallée.

Sunday alla coucher Berry et retrouva River, en train de déboucher une bouteille de vin. Il lui tendit la main, elle la lui prit et s'assit sur ses genoux, il l'attira contre lui. Ils restèrent sagement assis sans rien dire un moment, Sunday le regardait contempler le paysage, les yeux légèrement plissés, elle savait qu'il réfléchissait.

« Mon chéri ? »

Il hocha la tête en souriant. « Oui. Les nuances sont différentes par rapport à mes souvenirs. Comme si on avait dilué la couleur à l'extrême, qu'elle soit délavée. Bon sang. »

Sunday posa sa main sur ses yeux. « Ferme-les, » ordonna-t-elle, il lui obéit. « Et maintenant, River Giotto, tu sais quoi, penses au Vert de Hooker. Visualise cette couleur. »

Elle attendit qu'il hoche la tête. « Maintenant, ouvre les yeux et regarde le cyprès qui borde ta propriété. Pense à la nuance dans ton esprit. Regarde. »

River se concentra, elle voyait qu'il avait du mal. « Mon chéri, souviens-toi de tes premiers dessins. Ne regarde pas d'après les normes académiques, mais selon ta propre imagination. Ombre et lumière. Regarde. »

Ses yeux verts perçants se concentrèrent et se relâchèrent, il essayait d'appliquer ses conseils. « Alors ? »

Il sourit faiblement. « Je vois où tu veux en venir. Je m'entraînerai.

– Ça vaut le coup d'essayer. La réalité est la suivante : ta maladie est incurable. Nous apprendrons à appréhender le monde différemment. Ton art va évoluer, peut-être pas comme tu l'avais prévu, mais il va évoluer. Ton art fait partie de toi. »

River la regardait intensément, il plaqua sa bouche sur la sienne, sa phrase terminée. « Nous, » dit-il, visiblement ému, « tu as dit « nous apprendrons à appréhender le monde différemment ». Mon dieu, Sunday Kemp, sais-tu combien je t'aime ? »

Elle se colla contre lui. « Montre-moi. »

Il l'allongea sur le sol carrelé bien frais de la véranda et monta sur elle. Il ôta les cheveux de son visage. « Tu encore plus belle au soleil couchant de Toscane. »

Sunday lui sourit. « Venant d'un autre, ça ferait kitsch à souhait mais venant de toi ... je prends. »

River gloussa. « Super. » Il l'embrassa sur la bouche, effleura l'ovale de son visage et son cou tout en déboutonnant sa robe. Elle avait décidé de ne pas porter de soutien-gorge vu la chaleur estivale qui régnait en Toscane, River suça ses tétons jusqu'à ce qu'ils durcissent, Sunday sentit qu'elle mouillait à la vitesse grand V.

« Prends-moi, » murmura-t-elle, il lui sourit.

« Tu veux que je te pénètre ?

– Oui... »

Il fouilla dans sa poche arrière mais elle l'arrêta. « Non. »

Il la regarda avec étonnement. « T'es sûre ? »

« J'ai envie de te sentir en moi. » Elle le dévisagea. « Tu as peur ? »

Le sourire de River était la meilleure réponse. « Non. Au contraire... je n'arrête pas d'y penser depuis que Berry t'a posé la question.

– Ça peut paraître prématuré mais j'ai l'impression que ... mon corps se languit de porter ton enfant. Je n'ai jamais rien ressenti de tel, c'est le bon moment. »

Elle n'eut pas besoin d'en rajouter. River l'embrassa sauvagement tout en se débarrassant de son jean et son boxer, il l'attira contre lui, elle enroula ses jambes autour de sa taille et hocha la tête « J'ai moi aussi très envie d'un bébé. »

Il bandait comme un taureau lorsqu'elle guida sa queue en elle, il la pénétra doucement, il voulait se rappeler de cet instant, ils firent l'amour, peau contre peau.

Ils ne se quittaient pas des yeux, respiraient en rythme tandis que le membre de River s'enfonçait de plus en plus profondément en elle. Sunday enroula ses cuisses autour de sa taille, contracta les muscles de son vagin plus fermement autour de son sexe, lui arrachant un gémissement.

Il tenait fermement ses mains plaquées sur le carrelage, son allure montait crescendo, elle finit par jouir, elle pleurait presque de plaisir, son corps lui appartenait. Elle sentit son sperme épais gicler au fond de son vagin, il enfouit son visage dans son cou, murmurant son prénom sans relâche.

Ils restèrent allongés dans les bras l'un de l'autre, une légère brise rafraîchissait leurs corps en sueur. River posa sa main sur son ventre, sa bouche sur son épaule. Sunday contemplait la vallée. « C'est la perfection. » Elle lui sourit. « On pourrait vivre ici.

– Marché conclu, » il rit et soupira. « J'adore cet endroit mais on va devoir rentrer. Luke et Carmen nous attendent, et Berry va à l'école.

– Je sais, pure utopie. » Elle soupira. « Et je dois savoir qui se cache derrière l'individu qui me harcèle.

– Je déteste devoir te l'avouer mais oui effectivement. On ne peut pas vivre constamment avec une épée de Damoclès au-dessus de nos têtes, surtout avec Berry.»

Sunday se mordit la lèvre. « Tu sais, vu qu'on en parle ... je ne vous mettrai jamais en danger Berry et toi. Ce serait insupportable. Quoiqu'il arrive, cette histoire est entre moi et ce taré qui a tué Cory. C'est ma bataille.

– *Notre* bataille. Tu te souviens du fameux "*Nous*" ? C'est "*nous*" point final.»

Elle l'embrassa. « Profitons plutôt de nos vacances. »

ILS RAMASSÈRENT leurs vêtements et se dirigèrent main dans la main jusqu'à leur chambre, ils refirent l'amour et s'endormirent dans les bras l'un de l'autre.

À 3h00 du matin, au clair de lune, River se glissa hors du lit et enfila son jean. Il traversa la maison silencieuse et alla voir sa fille endormie.

Il sortit dans la nuit fraîche et respira à pleins poumons. Un mouvement attira son attention, un homme vêtu de sombre approchait.

L'agent du FBI Sam Duarte salua River. « M. Giotto. »

River lui sourit tristement. « Sam, appelez-moi River, ok ? Vous protégez ma famille jour et nuit. S'appeler par nos prénoms me paraît logique. »

Sam sourit brièvement. « Elle est au courant ? »

River secoua la tête. « Non. Elle nous croit seuls, je souhaite que ça continue. Deux semaines, c'est tout ce que je vous demande. Ça fait trop longtemps que Sunday est surveillée par ce connard, et par vous, sauf votre respect. Je veux qu'elle se sente libre. » Il soupira. « Des nouvelles de Rockford ?

– On a fait des recherches concernant Scanlan et Merchant. Scanlan est une grosse huile à New York – il me paraît difficile, vu sa notoriété, qu'il ait orchestré tout ça sans que son plan ne comporte de faille, quelqu'un qui pourrait tout balancer. Merchant... a un look de surfer mais cache quelque chose. Il est riche... trois fois plus riche que Bill Gates.

– Tony ? » River était stupéfait. « Une fortune familiale je présume ?

– En partie, c'est un self-made man. Plus âgé qu'il n'en a l'air, mais ce n'est pas tout. Il se dit originaire de la côté ouest ? Il y est né mais devinez où il a passé ses cinq dernières années ?

– À New York, » dit River, le cœur serré. Sam hocha la tête.

« Vous avez vu juste... mais ce n'est pas tout. Et il habite où ? A trois pâtés de maison de chez Marley – pardon, Sunday.

– Merde. Y'a un point commun ?»

– On n'a rien trouvé pour le moment. Il est toujours à Rockford, il sort avec la jolie serveuse du café.

– Mon Dieu, Daisy... Sam...

– Tout va bien. Nos gars veillent sur elle. Sa sœur par contre est totalement imprévisible. On ne l'a pas vue depuis plusieurs jours.

– Merde. Mais je dois dire qu'Aria agit souvent de la sorte. Elle aime jouer au chat et à la souris, surtout quand on se désintéresse d'elle.

– C'est noté. Votre ex horrible belle-mère est toujours en ville avec son amant, il semblerait qu'ils aient rompu leurs fiançailles. »

River fit la moue. « Que font-ils encore en ville ?

– Scanlan est apparemment en pourparlers pour acheter une station de ski. L'endroit lui plaît. »

River secoua la tête. « Quel abruti. Vous m'avez bien dit qu'il a rompu avec Angelina ?

– Apparemment. On s'est renseignés à son sujet mais le mec n'a pas l'air louche. Vous êtes sûr que la ville ne compte que deux nouveaux venus ?

– D'après ce que je sais, oui. Daisy s'est renseignée, il y a du monde, c'est une station de ski. La saison touche à sa fin mais y'a encore pas mal de randonneurs et d'alpinistes. On ne peut pas fliquer tout le monde.

– Tenez-nous informés si Sunday entre en contact avec un tiers, signalez-nous tout comportement suspect.

– Promis... merci, Sam. Je ne sais pas comment vous remercier. »

Sam hocha la tête. « Prenez bien soin d'elle, ne vous inquiétez pas. Vous êtes en sécurité ici. »

RIVER RENTRA et retourna dans la chambre. Il retira son jean et se glissa dans le lit. Sunday murmura et se blottit contre lui. River l'embrassa sur la tête sans pouvoir trouver le sommeil, ses nuits étaient peuplées d'horribles cauchemars ces derniers temps. Songer qu'on pourrait faire du mal à Sunday, ou la lui prendre, était pire encore que la douleur infligée par les mauvais traitements d'Angelina, il était devenu un autre homme depuis sa rencontre avec Sunday. Un homme dont il espérait que ses parents chéris seraient fiers. Il avait enfin trouvé son port d'attache en partageant la vie de Sunday, en devenant tous deux les parents de sa fille. Il avait été à deux doigts de dire oui lorsque Sunday lui avait demandé s'ils pouvaient s'installer ici, mais ils devaient retourner dans le Colorado pour affronter et neutraliser son agresseur.

Il ne vivait pas, sachant qu'on pouvait la lui enlever à tout moment. C'était inacceptable. Il avait appelé Sam Duarte, à eux deux, ils avaient échafaudé un plan pour que Sunday et Berry soient heureuses et en lieu sûr.

Pour le moment... il devrait s'en contenter, mais il savait, sans l'ombre d'un doute, qu'il ferait tout – *tout* – pour protéger cette femme qu'il aimait, quitte à tuer son adversaire.

CHAPITRE DIX-NEUF

Sunday n'oublierait jamais les deux semaines passées dans cette magnifique Toscane, *jamais*. Tout s'était déroulé à la perfection, de retour dans le Colorado, elle se sentait reboostée. Elle était chez elle, en famille, elle se battrait jusqu'à son dernier souffle.

Berry adorait la nouvelle école qu'elle avait intégrée une semaine après leur retour. River peignait dans son atelier, Sunday avançait sur les mémoires de Ludo. Carmen les appela un matin avec River tandis qu'elle travaillait.

« Vous avez de la visite, » dit-elle à voix basse. « C'est l'homme qui accompagnait Angelina. Il veut vous parler à tous les deux. Je peux lui demander de partir si vous voulez. »

River secoua la tête. « Non, je veux savoir ce qu'il a à me dire. »

Brian Scanlan leur serra la main. « M. Giotto, Mlle Kemp, merci de me recevoir.

– Que peut-on faire pour vous, M. Scanlan ? » dit River d'un ton neutre, Sunday le savait tendu.

« Je voulais vous voir pour vous dire que j'étais sincèrement désolé d'avoir emmenée Angelina ici. J'ignorais tout de votre histoire, j'ai rompu nos fiançailles.

– Votre vie ne nous concerne pas, M. Scanlan.

– Appelez-moi Brian. Ne vous inquiétez pas, elle n'est plus en ville. Je l'ai déposée personnellement à l'aéroport hier soir. Je reviendrai dans un futur assez proche. » Il sourit. « Lorsque je flaire une bonne affaire, impossible de résister, la station est magnifique mais fonctionne en-deçà de ses capacités. J'espère y remédier. »

Sunday le dévisagea. « Puis-je vous poser une question M. Scanlan ?

– Bien sûr.

– J'étais... journaliste d'investigation pendant des années à New York, je n'ai jamais entendu parler de vous. Comment l'expliquez-vous ? »

Brian Scanlan sourit. « Vous avez dû entendre parler de mon père, Dimitri Lascus. Lascus Property ? »

Sunday était pour le moins surprise. « Oui bien sûr... je l'ai rencontré à plusieurs reprises. C'est votre père ? »

Brian hocha la tête. « À cause du nom, c'est ça ? Je suis né hors mariage, j'ai fait la connaissance de mon père il y a quelques années seulement. Il m'a pris sous son aile, j'ai travaillé pour lui anonymement, en secret, pour ne pas être accusé de népotisme. C'était mon idée, je pense qu'il me respectait. J'ai repris son affaire il y a un an, à une condition. Que je rebaptise l'entreprise à mon nom. Il estimait que je le méritais. »

Sunday hocha la tête, légèrement intriguée par tant de franchise. Elle regarda River, nettement moins impressionné par son visiteur.

« Vous avez rompu avec Angelina ?

– Oui. J'ai du mal à croire qu'elle ait réussi à me berner.» Il secoua la tête. « J'étais peut-être trop absorbé par mon entreprise, j'ai succombé à sa beauté. » Ses yeux bleus étaient sérieux lorsqu'il regarda River. « Je ne voulais pas entacher ma réputation, voilà tout. Si l'affaire de la station de ski se réalise, je serais amené à revenir, inutile de partir du mauvais pied.

– Bien entendu. » River se leva et tendit la main à Scanlan. « Vous avez pris la bonne décision, autant pour vous que pour nous. Elle est malveillante et destructrice, une aberration de la nature. »

Scanlan esquissa un demi-sourire. « Le pire portrait qu'on puisse dresser d'un individu. Dommage que je ne l'aie pas su au départ. » Il regarda Sunday en souriant. « Tout le monde n'a pas votre chance, M. Giotto. »

UNE FOIS PARTI, Sunday s'attendait à ce que River dise quelque chose mais il semblait préoccupé. Elle alla le voir et l'enlaça. Il finit par marmonner quelque chose dans ses cheveux.

« Excuse-moi ma chérie mais je ne comprends pas. »

Il recula et la regarda, troublé. « Dans les mémoires de mon père... je sais ce que tu m'as dit concernant Angelina, mais...

– Je lui ai menti. Je n'ai rien qui indique qu'il ait été au courant du viol. En fait, il ne parle pour ainsi dire pas d'elle. Il parle de ta mère, de toi, et de Luke. Il aimait beaucoup Luke. »

River se détendit. « C'est vrai. Tu sais quoi ? J'ai l'impression que Luke s'éloigne peu à peu, à cause de ma vue notamment. Il croit que je lui en veux parce qu'il ne peut rien faire. C'est faux.

– Dis-le-lui, » dit Sunday, heureuse de changer de sujet. « On devrait l'inviter à dîner. Avec Daisy, » ajouta-t-elle, ce qui fit sourire River.

« Tu te reconvertis dans les clubs de rencontre ? Parce qu'aux dernières nouvelles, Daisy sort avec ton pote surfeur. »

Elle fronça le nez. « Ce mec...

– C'est surprenant. T'avais l'air de l'apprécier, lors de votre première rencontre.

– Ha, ha, jaloux. » Ils éclatèrent de rire mais Sunday haussa les épaules. « Avec le recul, il ne m'inspire pas confiance. Il est certainement sympa et tout à fait innocent mais c'est un étranger, arrivé juste avant que je reçoive le mot.

– Scanlan aussi. Qu'est-ce que tu penses de lui ? »

Sunday réfléchit. « Le fait qu'il soit avec elle joue en sa défaveur, et oui, je trouve un peu étrange son intérêt subit pour la station, mais je ne suis pas promoteur. Il a l'air sincère.

– Je croyais moi aussi, mais...

– Mais ? »

River était perplexe. « Je ne sais pas. Y'a comme un truc... » Il soupira. « Probablement parce qu'il la fréquentait. J'ai du mal à garder la tête froide dès qu'il s'agit d'Angelina Marshall.

– C'est compréhensible, mon chéri. » Elle le prit dans ses bras. « Allez, changeons de sujet. Assez bavardé de Brian Scanlan et de cette femme. »

BRIAN JETA sa veste sur la chaise, ignorant Angelina. Elle fumait et n'avait pas touché son déjeuner. « Tu les as vus ?

– Oui. Ils te croient repartie sur New York.

– Je préfèrerais, plutôt qu'être coincée dans ce motel pourri. T'aurais pu réserver une chambre dans un hôtel décent.

– Pour qu'on te reconnaisse ? Ici on paye en espèces et on te fiche la paix. »

Angelina était dégoûtée, Brian ne pouvait pas lui en vouloir. La chambre était spartiate, le couvre-lit devait pulluler de microbes. C'était le seul moyen pour ne pas se faire repérer. Il n'avait pas l'intention de la laisser retourner sur New York ; elle était trop imprévisible. Il ferait d'elle ce qu'il voulait, en lui faisant miroiter que River lui reviendrait.

« Alors, » dit-elle en écrasant sa cigarette. « Tu bandes toujours pour cette petite pute ? Tu crois quoi ? Qu'elle va quitter River Giotto pour toi ? »

Brian sourit sans en rajouter. « Angelina, tu crois vraiment que je vais lui laisser le choix ? »

Il croisa son regard et constata avec plaisir qu'elle frissonnait. Oui, elle avait compris. C'est lui qui commandait. Il n'avait aucun scrupule.

« Et tu vas faire quoi, quand elle se rebellera ? » demanda Angelina, pleine d'espoir, Scanlan décida de lui répondre.

« Sunday apprendra à faire comme je veux, quand je veux, où je veux, sous peine de mourir dans d'atroces souffrances. À petit feu. Ni vu ni connu. »

Angelina était aux anges. Elle esquissa un sourire carnassier et s'approcha de lui. « Dis-moi, » dit-elle d'une voix rauque, en se frottant contre lui. « Raconte-moi comment tu la tueras. »

Brian sourit et sauta Angelina comme un automate, tout en décrivant sa mort pendant quelques minutes. Elle s'en foutait, trop excitée par sa soif de sang.

« Dis-moi, » lui dit-elle après coup pendant qu'ils se rhabillaient, « pourquoi elle ? La première fois que tu l'as vue ? Quand est-ce que tu t'es rendu compte que tu la voulais ? »

Brian leva les yeux au ciel. « Ça t'intéresse tant que ça ? Pourquoi ? Quand est-ce que tu as su que tu voulais violer et maltraiter River Giotto ?

– Le jour de mon mariage, » dit-elle en souriant d'un air mauvais. « Il était – il est – tellement beau. Comment ne pas succomber ? Ces yeux, ces longs cils, ce corps. Cette bouche. Dieu du ciel, la première fois qu'il m'a léchée...

– Tu l'y as obligé. » Brian était dégoûté, Angelina éclata de rire.

« T'as le culot de me juger alors que tu viens de me décrire en détails ce que tu comptes faire à Sunday ? »

Il ne répondit pas et attendit, Angelina soupira. « Allez, accouche. Pourquoi Mar –Sunday ? Pourquoi elle ? »

Il hésita un moment. Il avait vraiment envie de lui raconter sa première rencontre avec Sunday, Marley, à l'époque ? A la bibliothèque universitaire ?

Il s'y était rendu pour trouver quelqu'un à tuer. Une autre fille à tuer. C'était son truc, son père le savait – et l'encourageait. « Fais-en sorte de pas te faire pincer. »

Voilà pourquoi son père ne parlait jamais de lui. Mais Brian ne s'était jamais fait prendre. Il ne violait jamais ses victimes ; ça ne l'intéressait pas. Il aimait les voir se vider de leur sang.

Lorsqu'il avait rencontré Sunday, il sut qu'il avait besoin d'autre chose. Il voulait la sentir contre lui, la bouche ouverte, en extase, pendant qu'il lui ferait l'amour ; elle se plierait à ses quatre volontés. Il voulait la dominer.

Elle avait obtenu son diplôme quelques jours après qu'il l'ait croisée, avant de disparaître. À cette époque il n'avait aucun moyen de la retrouver, il n'avait pas voulu demander à son père de l'aider. Son père, à l'esprit bien plus retors, aurait voulu savoir pourquoi il n'avait tout simplement pas tué cette fille. Il n'aurait pas compris ce besoin qu'avait Brian de la posséder.

Il était retourné à ses anciennes amours, jusqu'à ce qu'il apprenne qu'elle était journaliste à la télévision. C'est là que tout avait débuté. Elle avait rapidement été promue présentatrice du JT, sa cour avait commencé. Des fleurs au studio. Il l'avait suivie chez elle. Il s'immisçait insidieusement dans sa vie. Le jour où il l'avait aperçue avec cet idiot de Cory... bon sang, il était devenu fou de rage. Il était rentré à son appartement sans prendre la peine d'allumer la lumière. Les voisins s'étaient plaints du bruit. Qu'ils aillent se faire foutre. Il avait alors dû se contrôler pour ne pas la tuer.

Plus tard, désormais riche, il avait réussi à découvrir des pans entiers de sa vie. Il avait fait installer des caméras chez elle. Il la surveillait nuit et jour. Il avait embauché un mec qui avait dégoté un boulot de coursier à la chaîne d'infos et lui rapportait ses moindres faits et gestes. C'était le coursier qui lui avait dit où elle serait ce soir-là, où son homme de main avait tué Cory.

Brian avait hurlé dans son téléphone lorsque l'homme lui avait appris avoir tiré sur Sunday. Il avait débarqué à l'hôpital, sachant que ce serait la fin si elle mourrait. Il n'aurait plus aucune raison de vivre.

Il se rappellerait toujours la fois où il s'était glissé dans sa chambre, en affirmant à l'infirmière de nuit qu'il était son cousin. La première fois où il avait touché sa main, caressé son visage pendant son sommeil. Il savait qu'elle avait failli mourir mais elle s'accrochait. Il était resté une demi-heure avec elle avant d'entendre des voix dans le couloir et s'enfuir, il savait qu'elle s'en sortirait.

Pendant un an, il avait patiemment attendu son heure, surveillant sa convalescence. Il n'avait pas été surpris lorsque, de retour chez elle, elle s'était montrée soupçonneuse, voire, paranoïaque, en découvrant ses caméras, il avait amèrement regretté ne plus vivre sa vie. Elle avait repris son poste neuf mois après l'agression, il estimait avoir tout son temps.

Jusqu'à ce que Marley Locke disparaisse pour de bon. Il était persuadé que la seule raison pour laquelle il l'avait retrouvée découlait de sa rencontre fortuite avec Angelina Marshall. Pour Brian, c'était bien le signe que Sunday et lui étaient faits l'un pour l'autre. C'était le destin.

Ils vivraient bientôt, mari et femme, sur une île des Caraïbes. Elle porterait son enfant et l'adorerait comme nulle autre femme au monde. Elle lui appartiendrait totalement, corps et âme. Elle ne parlerait plus jamais de River Giotto ou de sa fille, ou d'aucun homme. Elle serait à lui et à lui seul, il aurait droit de vie ou de mort sur elle, tant qu'il le souhaiterait.

Si elle n'obéissait pas, il lui ferait subir les tourments de l'enfer avant de la tuer.

CHAPITRE VINGT

Sunday oublia durant quelques semaines que son harceleur l'avait retrouvée. Elle ne se sentait pas menacée, sa joie augmentait de jour en jour, River, Berry et elle formaient une vraie famille.

River et elle étaient tout excités à l'idée d'avoir un enfant, elle n'était pas enceinte pour le moment. Elle ne s'en faisait pas ; ils avaient tout leur temps, ils faisaient l'amour de mieux en mieux au fur et à mesure qu'ils apprenaient à se connaître.

Elle s'était rapprochée de Daisy et Luke, ils avaient invité leurs amis à dîner. Daisy et Tony étaient finalement restés amis, elle leur en avait parlé, y'avait aucun problème. Sunday remarqua que Daisy avait pleuré, elle lui demanda si c'était à cause de Tony, c'était la faute d'Aria.

« On se déchire, » lui dit Daisy. « Je ne sais pas pourquoi. Ça n'a rien à voir avec le fait qu'on soit amies toi et moi mais elle ne me parle plus, elle ne me raconte plus rien.

– Je suis sincèrement désolée, Daisy. » Sunday consola son amie Elle aurait aimé discuter avec Aria mais ne voulait pas s'en mêler.

Par chance, l'occasion se présenta dans la semaine. Elle était descendue au supermarché de Telluride avec Carmen, Sunday s'approcha alors de la boulangerie et vit Aria contemplant le pain. Elle toucha doucement son bras. « Aria ? »

Aria se retourna, se reprit et esquissa un demi-sourire – ce qui était très inhabituel. « Salut Sunday.

– Ça va ? »

Aria la regarda longuement et secoua la tête. « Non. Ça ne va pas. Pas du tout. »

Au grand étonnement de Sunday, Aria se mit à pleurer. Sunday la serra étroitement dans ses bras ; Aria se blottit contre elle. Elle laissa Aria donner libre court à ses larmes et lui tendit un mouchoir.

« Merci, » Aria s'essuya les yeux et se moucha. « Pardon... c'est plus fort que moi. C'est juste que... Sunday, je ne peux pas en parler à Daisy. Ça la tuerait.

– Qu'est-ce qu'il y a ma chérie ? » Sunday n'aurait *jamais* cru parler un jour à Aria Fielding de la sorte.

Aria secoua la tête. « Je l'ai appris l'autre jour... je suis malade. C'est ridicule, je me sentais bien quelques semaines encore et maintenant...» Elle regarda Sunday. « Grade IV,» dit-elle simplement, Sunday tressaillit.

« Oh non. Oh, Aria, je suis désolée. Je suis sincèrement désolée.

– Merci. Je ne te mérite pas ; je n'ai pas été très sympa avec toi.

– Il n'est pas trop tard. » Sunday se maudit. « Je voulais dire... »

Aria sourit. « Ce n'est rien, j'avais compris. T'as raison. Il n'est pas trop tard. »

Sunday prit sa main. « Tu devrais en parler à Daisy. Ça va lui faire un choc... informe-la. Je sais ce que c'est de perdre quelqu'un subitement. »

Aria hocha la tête. « Je sais, les nouvelles vont vite. J'ai cherché sur Google. Marley Locke. Je préfère Sunday. »

Sunday rit doucement. « Bizarrement, Sunday me convient mieux. Ce passé est désormais révolu. Daisy et toi pouvez compter sur moi. Quand vous voulez, pour quoi que ce soit.

– Merci, Sunday. J'apprécie. Vraiment. »

Sunday la quitta en lui promettant de l'appeler plus tard et orga-

nisa une entrevue avec Daisy. Carmen l'attendait, tout sourire. « Toi et
River êtes si semblables. Vous attirez tous les paumés.

– J'en étais une, autrefois, » dit Sunday en riant. « C'est ça, une
vraie famille.

– Amen.»

SUNDAY REGARDA la rue en sortant du magasin. Brian Scanlan était
assis au café. Il avait dû sentir qu'elle le dévisageait, il leva sa tasse
pour la saluer. Sunday esquissa un demi-sourire. Cet homme ne lui
plaisait pas, elle espérait qu'il ne traverserait pas pour la saluer.

« Allons-y, Carmen. » Elle se détourna de Scanlan et monta en
voiture.

Carmen entra et se figea. « Zut, j'ai oublié le dentifrice. J'en ai
pour cinq minutes, Sunny. »

Et merde. Scanlan se leva et se dirigea vers Sunday qui attendait.
Elle baissa la vitre et se força à sourire. « Re-bonjour.

– Quel plaisir, Mlle Kemp.

– Et la station de ski, ça avance ? »

Scanlan sourit. « J'ai signé ce matin.

– Félicitations.

– Merci. » Il posa les mains sur la portière et se pencha. « Il faudra
venir me voir. Je vous ferai une visite guidée. »

Elle sentit ses poils se hérisser. Elle était persuadée que l'invitation ne concernait pas River. Scanlan était louche, elle s'aperçut
qu'elle avait le ventre noué. « Je n'aime pas skier, mais merci quand
même.

– Il existe tant d'autres passe-temps agréables, hormis le ski. Je
pourrais vous en faire profiter. »

Ses intentions étaient claires. À son grand soulagement, Sunday
vit Carmen sortir du magasin. Elle salua Scanlan qui s'éloigna. « À la
prochaine, Mlle Locke. »

Ce n'est qu'à mi-chemin de Rockford que Sunday se rendit
compte de comment il l'avait appelée.

Sunday garda le silence durant le dîner, River alla retrouver sa chérie une fois Berry endormie. Elle lisait les mémoires de son père, assise à son bureau.

« Salut ma jolie. » Il s'assit derrière elle et passa ses bras autour de ses épaules. « Ça va ? T'as l'air ailleurs. »

Sunday appuya sa tête contre son épaule. « Je pensais à des trucs. À la vie. J'ai croisé Aria aujourd'hui.

– Ah bon ? C'est bizarre, je n'ai pas entendu parler de crêpage de chignon.

– Ha, ha. » Elle rigola et soupira. « On a discuté. Elle est préoccupée, elle avait besoin de soutien.

– Waouh.

– Oui. »

Il l'embrassa sur la tempe. « Tu te fais des amis partout. »

Sunday hocha la tête sans sourire. « J'ai aussi croisé Brian Scanlan. Je crois qu'on avait vu juste. C'est un sale type. »

River la regarda attentivement. « Il t'a fait des avances ? »

Sunday acquiesça, River ressentit une pointe de jalousie. « Je l'ai remis à sa place. Ah ! Pourquoi les mecs se comportent-ils tous comme ça ? Il sait qu'on est ensemble, il croyait quoi, que j'allais franchir le pas ? »

River se mordit la langue. Ce n'était pas la faute de Sunday. « Les hommes ne sont pas tous comme ça, tu es une femme séduisante. Ce connard a voulu tenter sa chance.

– T'as raison, c'est un vrai connard. S'il croit que je vais me taper un mec qui s'est enfilé Ange – merde, mon chéri, je ne voulais pas... »

River s'était levé et faisait les cent pas. Sunday se leva à son tour, elle voulut s'approcher de lui mais il s'écarta. Sunday avait les larmes aux yeux. « Pardonne-moi... t'étais pas *avec* elle, River, elle t'a violé. Je me suis mal exprimée. Pardonne-moi, je ne parlais pas de toi. »

River poussa un long soupir. « J'étais avec elle. On a couché ensemble.

– Non. Le viol n'a rien à voir avec le sexe, River. C'est de la violence, de la *violence* sexuelle. T'as cherché à avoir des rapports avec elle ?

– Bien sûr que non.

– Tu vois. » Elle esquissa un pâle sourire. « Ce que je voulais dire par là, c'est que Scanlan a couché avec cette vipère de son plein gré. Je t'en supplie, River, ne me rejette pas ; tu me comprends. »

River avait envie de partir. Il ne voulait pas se sentir sali ou indigne de l'amour de Sunday, mais il devait l'admettre – il en était conscient, en son for intérieur. Il restait forcément des séquelles.

Il ne pouvait se résoudre à s'éloigner de Sunday. Il ouvrit les bras, elle s'y refugia, visiblement soulagée. « Je t'aime », dit-elle, « c'est toi que j'aime, pour toujours. Tu es toute ma vie, River. »

Il pressa ses lèvres sur les siennes, ses paroles lui mettaient du baume au cœur, il savait qu'il devrait, pour avancer, gérer ses émotions vis à vis de ce qu'Angelina lui avait fait subir.

L'idée surgit en pleine nuit, il réveilla Sunday et s'excusa. « Je dois te demander quelque chose, avant de me dégonfler. »

Elle frotta ses yeux ensommeillés et se redressa. « Qu'est-ce qu'il y a mon chéri ?

– Ce que tu as dit à Angelina, comme quoi t'avais du dossier me concernant – et si c'était vrai ? Et si tu reprenais ta carrière ? Le journalisme. Raconte-moi mon histoire, Sunday. On ne peut pas l'arrêter, il y a prescription... mais on peut toujours lui causer du tort. »

Sunday le dévisagea longuement et sourit. « Bien vu, mon chéri. On va torpiller Angelina Marshall. »

CHAPITRE VINGT ET UN

Aucun d'eux n'avait conscience de ce que signifiait revivre et entendre les horreurs des viols d'Angelina. Bien souvent, Sunday éclata en sanglots rageurs, River pensait ne jamais pouvoir s'en rappeler, mais ils y parvinrent malgré tout. Sunday plancha sur l'histoire, River était abasourdi et stupéfait par son amour pour son métier, il comprenait pourquoi elle avait fini par laisser tomber.

Lui, de son côté, œuvrait pour retrouver le harceleur de Sunday et éliminer toute menace. Certains incidents leur occasionnèrent du souci – des appels avec personne au bout du fil, des couronnes de fleurs fanées déposées devant la propriété.

« C'est si... prosaïque, » lança Sunday, après un énième incident. « C'est bizarre... il n'a jamais fait ça à New York. Il m'envoyait des fleurs fraîches et n'a jamais téléphoné. Ce n'est peut-être pas lui. Angelina se fout peut-être de notre gueule ?

– C'est tout à fait son style, » approuva River, « et, oui, effective-ment, elle n'a aucune imagination.

– Elle devrait lire *Le Manuel du Harceleur*, » dit Sunday en plai-santant.

« Le film avec Jennifer Lawrence ? »

Sunday gloussa. « Tu veux parler de *Happiness Therapy*. Angelina ne respire pas la joie. Ce n'est pas *son* truc, de toute façon. » Elle tapa dans la main de River et lui sourit.

SUNDAY S'ÉTAIT REMISE à écrire, son amitié avec Aria lui apportait son lot de joies et de peines. Elle soutint Aria et Daisy lorsqu'Aria annonça à sa sœur effondrée qu'elle avait un cancer, River informa Aria qu'il couvrirait ses frais médicaux. « On contactera les meilleurs spécialistes, Ari, » lui dit-il, « on ne baissera pas les bras. »

Le comportement d'Aria se radoucit, elle venait souvent jouer avec Berry et restait dîner avec eux. Aria reprit espoir lorsque les médecins lui annoncèrent que seul son rein était atteint.

Sunday et River étaient de plus en plus proches au fur et à mesure que les mémoires progressaient. Un soir tard, allongés après l'amour, River posa sa main sur son ventre. « Un jour.

– Un jour, » acquiesça-t-elle en souriant. « Je ne veux pas me mettre la pression. Laissons venir. »

ILS ÉTAIENT HEUREUX. Sunday allait souvent chercher Berry à l'école, River insistait pour qu'elle ait un garde du corps mais elle s'y refusait. « Je n'ai pas envie de me sentir emprisonnée, Riv, » dit-elle, sûre d'elle. « Il peut me suivre en voiture s'il veut. Je veux être libre d'écouter Britney Spears quand je conduis sans devoir l'imposer à qui que ce soit. »

River gloussa. « Ok. Il restera derrière toi.

– Aucun problème. »

Sunday savait qu'elle courait un risque sans garde du corps. Les appels et les fleurs avaient cessé, elle espérait que son harceleur avait jeté l'éponge.

. . .

ELLE GARA la voiture devant l'école et adressa un signe de tête à son garde du corps dans la voiture derrière. Elle entra dans la cour de l'école, s'attendant à voir Berry. Personne. Elle entra à l'intérieur, intriguée.

Les couloirs étaient silencieux, elle pressa le pas vers la classe de Berry. Elle franchit la porte et s'arrêta net, le cœur battant.

La maîtresse de Berry était assise, blanche comme un linge, Angelina pressait un revolver contre sa tempe. Brian Scanlan tenait Berry, en larmes, dans ses bras, il adressa un franc sourire à Sunday.

Sunday comprit sur le champ. Mon Dieu, comment avait-elle pu passer à côté ? « Je vous en supplie... ne leur faites pas de mal, je ferai tout ce que vous voudrez. »

Brian sourit. « Ma chérie, t'es pas en mesure de donner des ordres. Je vais t'expliquer ce qu'on va faire. Tu vas me suivre avec la petite. Je contacterai Angelina pour lui demander de relâcher cette jolie petite fille dès qu'on aura quitté Rockford.

– Non. » Sunday secoua la tête. « Laissez Berry et elle ici, je vous suis.

– Hmm. » Brian la regarda d'un air interrogateur. « On va faire un compromis. Angelina, tu veux bien buter la prof ?

– *Non !* » Sunday se jeta sur Angelina et la désarma. « Courez, » hurla-t-elle à la maîtresse, qui s'enfuit. Brian sortit calmement son revolver et lui tira dans le dos. Elle vacilla mais poursuivit sa course avant de s'écrouler dehors.

Angelina étranglait Sunday, elle serrait, serrait. Brian, tenant dans ses bras une Berry hurlante, assomma Angelina d'un coup de crosse, elle s'effondra sur Sunday.

Sunday la repoussa et se redressa, reprenant son souffle. Brian la mit en joue. « Il reste plus que nous trois.

– Je vous en supplie, » le pria Sunday, « lâchez Berry. Je vais vous suivre...

– Non. C'est mon otage. Avance. »

Sunday n'avait pas d'autre choix que d'avancer, elle regarda Berry. « Laissez-moi la porter. »

Brian passa la gosse qui hurlait à Sunday, Berry se blottit dans ses bras. « Tout va bien ma chérie, tout va bien. »

Il les fit sortir par la porte de derrière. On entendait des sirènes. « Montez dans la voiture et baissez-vous. S'ils nous voient, je bute la gosse. »

Elles montèrent à l'arrière du SUV, Sunday serrait Berry étroitement contre elle, elle priait pour que la police les trouve, que la maîtresse ne soit pas grièvement blessée et qu'elle ait pu prévenir son garde du corps.

Ils quittaient la ville, elle observait Brian depuis la banquette arrière. « C'était vous à New York ? Cory ? »

Brian sourit. « Si tu savais depuis le temps que je t'attends, Marley. T'as pas idée. Je t'ai observée manger, dormir, baiser, vivre, pendant des années. Je te connais par cœur. Tu m'appartiens depuis que je t'ai croisée dans cette bibliothèque à Harvard. »

Sunday poussa un cri. « C'était vous ? » Elle partit d'un rire sarcastique. « Vous savez qu'on vous avait surnommé le Mec Chelou de la Bibliothèque ? C'était votre surnom à l'époque. »

Une lueur de colère brilla dans ses yeux. « Je suis certain que bon nombre de filles que j'ai tuées m'appelaient comme ça. Je peux t'assurer qu'elles rigolaient moins quand elles sont mortes. »

Son sang se figea. Elle devait tenir Berry à l'écart de ce psychopathe. « Qu'est-ce que vous voulez, Scanlan ? Me tuer ? »

– Pas forcément, Marley.

– Je m'appelle Sunday.

– Peu importe. » Il partit d'un rire moqueur. « Sunday Scanlan ça sonne bien.

– C'est ce que vous voulez en échange de la liberté de Berry ? M'épouser ?

– Entre autres.

Bon sang. « Où nous emmenez-vous ?

– Dans un endroit où discuter tranquillement. Tu me montreras ce que t'es prête à faire pour sauver la vie de la gosse – et la tienne. »

Sunday préférait mourir plutôt qu'il la touche. « Roulez jusqu'à

Las Vegas si ça vous chante, » dit-elle, elle y allait au culot. « Je ne ferai rien tant que vous n'aurez pas relâché Berry.

– En route pour Las Vegas, » dit-il calmement, sans se démonter. « Notre nuit de noces promet d'être inoubliable. » Il croisa son regard dans le rétroviseur. Sunday soutint son regard le plus longtemps possible et se détourna, elle détesta l'entendre ricaner. « C'est bien. Fais taire la gosse maintenant. La route est longue. »

CHAPITRE VINGT-DEUX

Un calme glacial s'empara de River lorsque la police et ses vigiles lui apprirent ce qui s'était passé. « Où sont-ils ?

– Sûrement en train de quitter l'état. On surveille les caméras de télésurveillance, l'hélicoptère de la police essaie de les localiser. Ils ne peuvent pas être bien loin.

– Je veux participer, laissez-moi vous accompagner.

– Monsieur...

– Il s'agit de ma fille et de ma... » il était à deux doigts de pleurer. « Ma Sunday. Mes chéries. Si vous m'en empêchez, je contacte le pilote de mon propre hélicoptère. »

Il finit par les persuader de le laisser monter en hélicoptère. Une heure plus tard, on leur signalait qu'on les avait aperçus sur la I-70. « Un SUV noir. Il conduit très prudemment, en-dessous de la vitesse autorisée, pour ne pas se faire prendre »

River essayait de ne pas montrer son angoisse. Il se maudit de ne pas avoir démasqué Scanlan. Par quelle coïncidence ces deux bourreaux avaient réussi à unir leurs forces ? Angelina savait qui était Scanlan quand elle était arrivée dans le Colorado ? River en était persuadé. Mal lui en avait pris – elle était en garde à vue, inculpée d'enlèvement et d'agression à main armée.

Angelina refusait de parler mais River soupçonnait que ça changerait lorsqu'elle comprendrait qu'elle encourait la perpétuité. Il était en colère contre la police qui ne faisait visiblement rien pour arrêter la voiture.

« M. Giotto, c'est une prise d'otages. On ne peut pas courir le risque qu'il fasse une sortie de route ou les blesse en voulant s'échapper. Il est armé. On va essayer de voir où ils se dirigent. On le coincera quand il sera à court de carburant. »

Une éternité parut s'écouler avant qu'ils lui annoncent « On les a localisés. Ils semblent se diriger sur Las Vegas. »

BERRY AVAIT FINI par s'endormir dans les bras de Sunday. Sunday était sur la défensive, elle ignorait Scanlan lorsqu'il essayait de lui parler. Il se contenta de hausser les épaules, ils roulèrent en silence pendant des heures. Elle avait entendu les hélicoptères les survoler, elle savait qu'on les avait retrouvées, ça l'aidait à garder espoir. Elle réfléchissait à comment l'immobiliser, elle aurait bien tenté sa chance si ça ne tenait qu'à elle mais elle ne pouvait pas mettre la vie de Berry en danger. Cet enlèvement était mal organisé – Angelina l'y avait contraint ? Comment ? Il aurait pu la tuer. C'était insensé.

Assurer la sécurité de Berry était primordial. Elle déposa un baiser sur le front de la fillette endormie, elle chérissait Berry comme sa propre fille. « Je ne laisserai pas te faire du mal, BerBer. »

Scanlan croisa son regard dans le rétroviseur. « Il ne lui arrivera rien si tu fais ce que je dis. Je la relâcherai lorsque je t'entendrai dire *oui, je le veux*. »

Sunday ne répondit pas. Elle imaginait aisément pourquoi la police n'intervenait pas mais se demandait comment Scanlan pouvait croire qu'ils le laisseraient faire. Il comptait peut-être leur dire qu'elle l'avait suivi de son plein gré. Il était *fou à lier*.

Évidemment, il était fou à lier, stupide, se dit-elle. *La preuve, il l'attendait depuis des années. Un vrai psychopathe. Capable de tout.*

« C'est vous qui avez tué Cory ? Tiré sur moi ? »

Scanlan secoua la tête. « Non. Seul Cory était visé. »

Sunday eut les larmes aux yeux. « Salopard. Vous n'arrivez pas à la cheville de Cory.

– Tu apprendras à me connaître, » dit-il calmement. « Tu comprendras au moment voulu.

– Que vous délirez ? Je crois que j'ai compris. » Elle ne pouvait se retenir de lui lancer des piques, il restait d'une froideur de marbre.

« Sunday... on sera heureux tous les deux. Je te le promets. Tu feras tout pour me rendre heureux, sinon je te tuerais. C'est pourtant simple. Une fois mariés, nous nous rendrons dans notre nouvelle maison. Si tu t'avises de me désobéir, j'achèverais le travail en te logeant quelques balles supplémentaires dans la colonne. »

Sunday était ébranlée. « Comment savez-vous que j'ai une balle dans la colonne ?

– Je suis venu te voir à l'hôpital. Je t'ai tenu la main. »

Pour Sunday, savoir qu'il avait pénétré dans sa chambre alors qu'elle était dans le coma était insupportable. Il s'était vraiment immiscé dans sa vie. « Pourquoi moi ? » murmura-t-elle, désespérée. « Je n'ai rien de spécial. Pourquoi moi ?

– T'es une vraie déesse. » Il était furieux, passionné. « Tu incarnes tout ce que j'aime, Sunday. Tout. »

Sunday se demandait comment d'aussi belles paroles semblaient si terrifiantes. Elle croisa son regard, la folie se lisait dans ses yeux bleus. L'obsession.

Oh, mon Dieu, River... je ne vais pas m'en sortir... je t'aime.
Je t'aime.

ILS ARRIVÈRENT à Las Vegas au bout de plusieurs heures. Sunday avait les yeux qui lui brûlaient à cause de la fatigue et des larmes silencieuses qu'elle avait versées. Berry, réveillée, se murait dans le silence. Elle regarda Sunday avec de grands yeux terrifiés, Sunday l'enlaça étroitement.

Scanlan stoppa la voiture et les fit descendre. La Petite Chapelle Blanche. Kitsch au possible, elle se serait bien marrée avec River.

Mais elle n'avait pas envie de rire, il pointait son revolver sur elle.

Des voitures banalisées freinèrent et une escouade de policiers en sortirent, Scanlan les regarda à peine et força Sunday et Berry à entrer.

La réceptionniste se leva, paniquée, en voyant l'arme. « Bonjour, » dit Scanlan sur un ton agréable. « Un mariage s'il vous plaît. *Et q'ça saute.* »

On les fit entrer dans la chapelle, on congédia un autre couple visiblement agacé. Ils changèrent de ton en voyant son arme, visiblement terrifiés lorsque Scanlan leur demanda, avec une politesse feinte, d'être nos témoins. Ils acquiescèrent sans quitter l'arme des yeux. Scanlan demanda au prêtre de se dépêcher.

« Si vous pouviez vous magner, j'ai comme l'impression qu'on a de la compagnie indésirable. »

River entra dans la chapelle, suivi par une flopée de flics comptant visiblement l'en empêcher. « Objection, » aboya-t-il.

Scanlan rigola. « On n'en est pas encore là, enfoiré. »

Il fit mine d'attraper Berry mais Sunday fut plus rapide. Elle lui écrasa le pied et jeta Berry dans les bras de l'adulte le plus proche. « Cours ! »

Scanlan l'attrapa, pressa le canon sur elle tandis que River, attrapant sa fille, la confia à un policier et se tournait pour affronter Scanlan. Le canon de l'arme était dirigé vers les côtes de Sunday – si le coup partait, son cœur exploserait net. River ne quittait pas le flingue des yeux.

« Scanlan, c'est fini. Lâche-la. »

Brian déposa un baiser sur la tempe de Sunday. « Même pas en rêve, Giotto. Je savais que ça finirait comme ça, tu vas la voir crever, c'est encore mieux. »

Sunday ne mourrait pas sans se battre. Elle se débattit, elle lui décochait des coups de coude. Les policiers mettaient Scanlan en joue, ils voulaient le tuer sans bavure – si seulement elle pouvait...

Dans une ultime tentative, Sunday pesa sur lui de tout son poids, ployant sous l'effort. Des coups partirent, elle était abasourdie et se retrouva projetée en l'air. Elle avait mal. Elle avait le souffle coupé.

River la prit dans ses bras, elle ouvrit les yeux, vit Scanlan retomber, elle était soulagée. Elle rit, sous le choc, et regarda River. « Salut mon chéri. »

River la regardait, comme fou. « Ma chérie, tiens bon, on est là... tiens bon... »

Pourquoi il lui disait de tenir bon ? Elle était saine et sauve ; elle était libre. « River, je vais bien. »

Il secoua la tête, elle vit le sang. « Non ma chérie... »

Son adrénaline chutait, elle ressentit la douleur – une douleur très familière. *Oh, bon sang, bon sang... pas encore... pas cette fois...* elle avait mal à la poitrine...

La voix de River lui parvenait comme d'une caverne, d'une tombe ou d'un immense tunnel. « Je vous en prie, aidez-nous, il lui a tiré dessus... il lui a tiré dessus... »

La dernière chose qu'elle vit fut ses magnifiques yeux verts, en larmes, il la suppliait de vivre.

CHAPITRE VINGT-TROIS

« M aman ? »
Sunday croyait entendre des voix. Elle avait mal
partout. Elle n'était pas maman. Pas encore. Elle ne le
serait peut-être jamais.

« Maman ? »

Elle ouvrit les yeux et aperçut une magnifique brunette aux
immenses yeux verts, auprès de l'homme le plus beau de la Terre. « Je
suis morte ?

– Non, ma chérie, non. » L'homme séduisant refoulait ses larmes.
« Non, ma chérie, tu t'en remettras.

– Maman. » La fillette s'approcha, il la mit dans les bras tendus de
Sunday.

« Fais attention, Berry, ne fais pas mal à Maman. »

Mais je ne suis pas sa Maman. J'aurais bien aimé, vraiment... Sunday
gardait Berry serrée contre elle, elle sentait son odeur rassurante. «
Bonjour ma chérie, ma chérie, ma chérie.

– Je t'aime Maman, » souffla Berry en l'embrassant sur la joue.

« J'aurais bien aimé être ta maman, » Sunday se mit à pleurer, «
j'aurais bien aimé.

– Tu es ma Maman, » dit Berry avec ferveur. « J'ai prié et demandé à Maman Lindsay si elle était d'accord pour que tu deviennes ma nouvelle Maman. Je lui ai dit que je ne l'oublierai jamais, je lui ai promis. Papa a dit que je pouvais avoir deux mamans si je voulais. »

Sunday pleurait à chaudes larmes. River s'assit au bord du lit, les yeux rougis. Sunday le regardait. « Qu'est-ce qui s'est passé ?

– Scanlan t'a tiré dessus avant d'être abattu. La balle a ripé sur ta cage thoracique, te brisant une côte. Ils redoutaient une perforation cardiaque mais tu as eu de la chance. On a eu de la chance. Mon Dieu, Sunday, je t'aime tant... j'ai eu si peur de te perdre.

– Jamais, tu ne me perdras jamais.»

Il se pencha et l'embrassa sur la bouche. « On est là. On forme une famille.

– Rien ne pourra jamais nous séparer, » dit-elle avec ferveur.

Berry les regardait. « Papa, Maman... vous vous mariez quand ? »

River sourit en regardant Sunday. « Quand maman dira...

– Oui, » Sunday termina la phrase à sa place, ils éclatèrent de rire. « Putain, oui. »

Berry était ravie mais fit la grimace. « T'as dit un gros mot.

– C'est vrai... tu me pardonnes ?»

Berry hocha la tête, ils se mirent à rire. River caressa les cheveux de Sunday. « Tu as de la visite. Carmen, Daisy et Aria.

– Dis-leur d'entrer ! J'ai besoin de demoiselles d'honneur pour accompagner ma porteuse de bouquet ici présente.»

CARMEN, Daisy et Aria l'enlacèrent doucement, Sunday était très touchée par l'amour de ses amies. De sa famille.

River s'excusa et revint au bout d'une heure. « Ma chérie, tu as de la visite... je peux leur dire d'entrer ? T'es pas trop fatiguée ? »

Elle hocha la tête, se demandant de qui il pouvait s'agir. Carmen, Daisy et Aria étaient dans la confidence, elles avaient le sourire et s'écartèrent pour céder la place. River passa la tête par l'entrebâillement de la porte. « Vous pouvez entrer. »

Sunday eut le souffle coupé en voyant la première personne entrer.

Rae, sa secrétaire à New York, poussa un cri et se jeta dans les bras de Sunday, qui éclata en sanglots et enlaça son amie. Son ancien patron et d'autres membres de l'équipe avaient fait le déplacement, venait ensuite un visiteur que Sunday – ou Marley – s'attendait à ne plus jamais revoir.

Patricia Wheeler, la mère de Cory, se tenait sur le pas de la porte, elles se dévisagèrent un moment sans rien dire. Patricia tendit ses mains et dit simplement, « Pardonne-moi ma chérie. Je n'aurais jamais dû t'abandonner. »

Les deux femmes s'enlacèrent étroitement, Sunday regarda sa famille derrière Patricia, sa famille élargie, et River, l'amour de sa vie. Elle articula un « Merci » et « je t'aime. »

UN MOIS PLUS TARD, la vie avait repris son cours dans le Colorado, Sunday alla trouver River. Il peignait dans son atelier, bien déterminé à avancer selon son propre univers. Les couleurs perdaient peu à peu de leur intensité mais il refusait de se laisser abattre.

Elle l'enlaça et l'embrassa sur le front. « Salut ma chérie. »

Elle le regarda. « Salut mon trésor. J'ai terminé.

– Les mémoires de mon père ? »

Elle acquiesça, il inspira profondément, attendant qu'elle lui communique le résultat de ses recherches.

Sunday lui sourit. « Il n'était pas au courant, Riv. Il n'a jamais su qu'elle te violait. »

Son soulagement était flagrant. River se détendit et poussa un long soupir. « Dieu merci. *Dieu merci.*

– Cerise sur le gâteau... il savait qu'il avait fait une erreur en l'épousant. Il comptait divorcer ; tu sais qu'il l'avait rayée de son testament. Tu comptais plus que tout au monde. »

River colla sa tête contre la sienne. « Je suis content qu'il n'en ait rien su, pour son bien et le mien. Ça l'aurait achevé.

– Il t'aimait énormément, River, il était très fier de toi. Très, très fier de l'homme que tu es devenu.

– Merci ma chérie. Mon Dieu... » Il la prit dans ses bras et la fit virevolter, Sunday riait aux éclats. Il la posa et planta un baiser sur ses lèvres. « Ça se fête. »

Il déboutonna son short tandis qu'elle lui souriait. « Berry dort mais...

– On ne fera pas de bruit.

– Mon œil, » elle rit, il glissa son chemisier de ses épaules, ils firent l'amour jusqu'au bout de la nuit.

Fin

❀ Réalisé avec Vellum

CPSIA information can be obtained
at www.ICGtesting.com
Printed in the USA
BVHW041013150321
602551BV00006B/474

9 781648 089640